PETER BESSER

Eine Anleitung zum Weltuntergang und andere Begebenheiten

* * *

Vier langatmige Kurzgeschichten

In allen Geschichten sind die Namen frei erfunden.
Ähnlichkeiten mit lebenden oder verstorbenen Personen
sind rein zufällig und nicht beabsichtigt.

Impressum

© P E T E R B E S S E R
1. Auflage 2014
Einband- und Textgestaltung: Wolfgang Hennig
Titelbild: Mittelalterlicher Holzschnitt
Herstellung und Verlag:
BoD - Books on Demand GmbH, Norderstedt
Alle Rechte liegen beim Autor

ISBN 978-3-7357-5501-8

Inhaltsverzeichnis

Die Jubiläumsfahrt							Seite		4

Aus dem Tagebuch
des Privatdetektivs
Uwe Kiel							Seite		23

Das apokalyptische
Karussell oder wie küsst
man seine Lehrerin						Seite		106

Siesta								Seite		151

Die Jubiläumsfahrt

I.

»Diesen Sommer, Bruderherz, ist es fünfundzwanzig Jahre her, dass unsere Eltern erfolgreich in den Westen geflohen sind. Ich schlage vor, wir nehmen unseren Urlaub zum Anlass, dieses Ereignisses zu gedenken und fahren mit dem Paddelboot erneut über die Ostsee. Dass Mutter und Vater heil angekommen sind, ist mir bis heute unklar. So viel ich weiß, war das Radar auch damals schon erfunden und die Seegrenzen wurden stark bewacht.«
Schwesterchen, ich kann nur wiederholen, was uns Vater darüber erzählt hat. Leichter Wellengang, sodass das Boot noch schwimmfähig blieb, sorgte dafür, dass die Radarechos der Wellen, die des Bootes verschluckten. Begünstigt wurde die Flucht auch dadurch, dass Paddelboote kaum Metallteile enthalten, die am besten reflektieren. In den Morgenstunden soll Nebel aufgekommen sein, wodurch auch die optische Sicht erschwert wurde.
Glücklicherweise brauchen wir darauf keine Rücksicht mehr zu nehmen, Olaf. Olaf schüttelte verneinend den Kopf und erklärte seiner jüngeren Schwester, dass man Paddler aus Sicherheitsgründen trotzdem nicht gerne auf der Ostsee sieht. Während er an der Kaffeemaschine hantierte, gab er zu bedenken, ob das Boot heute überhaupt noch einsatzfähig sei. Trotzdem Schwesterchen, finde ich die Idee prima und schlage vor, wir machen die Fahrt diesmal in umgekehrter Richtung. Das hat so etwas Symbolträchtiges an sich. Wir fahren einfach zu dem Jachtclub, von dem uns die Eltern erzählt haben und erklären den Leuten unser Vorhaben. Vielleicht gibt es noch Mitglieder aus der Zeit, die sich an das Ereignis erinnern können?

Der Kaffee gluckerte monoton vor sich hin und tröpfelte in den Glaskrug, nachdem er den Filter passiert hatte. Kaffeeduft machte sich im Zimmer breit. Kerstin wühlte im Brotfach und wurde fündig: ein halber Streuselkuchen fand sich zwischen Keksen und diversen Broten unterschiedlicher Sorten. Das mit Körnern bestreute Brot war speziell für sie. Olaf mochte es weniger und nannte es verächtlich Hühnerfutter. Im Kühlschrank entdeckte sie noch eine Sprayflasche mit Schlagsahne. Damit stand einem gemütlichen Kaffeeplausch mit ihrem Bruder nichts mehr im Wege. Sie gab Olaf einen Kuss und forderte ihn auf, sich zu setzen. Er erwiderte die Zärtlichkeit, indem er ihr den Po streichelte. Kerstin war glücklich, dass er sich für ihre Schnapsidee zunehmend erwärmte und daran ging, technische Detailfragen mit ihr zu besprechen. Wie soll die Anreise erfolgen? Muss das Boot noch einmal gründlich durchgesehen und gereinigt werden? Was werden die Eltern dazu sagen? Fragen, die in den nächsten Wochen bis zum Urlaub gelöst werden müssen. Kerstin legte ihren Kopf in Olafs Schoß. Sie streichelte sein Gesicht während er unter ihrem Pullover griff und ihre Brüste zärtlich massierte.»Ich wünsche mir ein Kind von dir«. Olaf zuckte zurück. Wie soll das alles weitergehen?, fragte er sich. Als ob sie seine Gedanken erraten hätte, antwortete sie:»Wir heiraten im Ausland, wo Geschwisterehen zugelassen sind und dort kann ich auch entbinden«. Dabei öffnete sie sein Hemd und begann ihn auszuziehen.

Langsam rollte das Cabriolet auf das Tor zum Jachtclub zu. Am Steuer saß Professor Mersenbach im Seemannslook: weiße Schiffermütze, gleichfarbiger Rollkragenpullover und zwischen den Zähnen eine Pfeife, wie sie Seeleute gemeinhin benutzen. Die Gesichtsbräune ließ erkennen, dass er sich häufig an der frischen Luft und auf dem Meer aufhält. Lediglich die mit einem dünnen

Rahmen gefassten Brillengläser gaben seinem Gesicht ein Aussehen, das vom Seemannsklischee abwich und den Akademiker erkennen ließ. Auch die anderen Seemänner des Jachtclubs hatten in der Regel mit der Seefahrt beruflich wenig zu tun. Was sie verband war die Liebe zu Segelbooten und entsprechende Einkommen, die es ermöglichten, den Club und seine Mitglieder als exklusiv einzustufen. Vor dem Mersenbachschen Wagen kreuzte ein junges Pärchen die Straße, schwer beladen, dem Club zustrebend. Solche Urlauber verliefen sich selten hierher. Sie waren eher auf den benachbarten Zeltplätzen zu Hause. Als Mersenbach sich umdrehte, glaubte er das Gesicht der jungen Frau schon einmal gesehen zu haben. Er wusste nur nicht, wo er sie einordnen sollte. Als er seinen Wagen abgestellt hatte und ausstieg, bemerkte er das Pärchen am Eingang. Sie waren gerade noch durch die sich automatisch schließenden Tore hindurchgeschlüpft und kamen nun auf ihn zu. Als er ihr Gepäck näher betrachtete, stellte er fest, dass sie neben einem kleinen Zeltbeutel für ein Zweimannzelt noch zwei Behältnisse für ein Faltboot mit sich führten.

»Was kann ich für Sie tun?«, kühl begrüßte Mersenbach die beiden. Er war verärgert, dass sie so selbstverständlich durch das zufällig offene Tor in das Clubgelände eingedrungen waren. Sein erster Gedanke war jedoch, dass beide in den Club passen würden, zumal junge Leute als Nachwuchsmitglieder gern gesehen sind. Die Clubleitung war schon seit längerem entschlossen, für den Nachwuchs günstige finanzielle Konditionen bereitzuhalten, um ihm einen Start in eine Seglerkarriere zu erleichtern. Da Mersenbach zur Clubleitung gehörte, besaß er einen Schlüssel zum Geschäftszimmer und bat die jugendlichen Gäste, einzutreten. Ihr Gepäck legten sie im Vorraum ab. Da auf Kaffee bei den sommerlichen Temperaturen niemand Appetit hatte, plünderte Mersenbach den Kühlschrank für seine Gäste und sich. Dann nahm er hinter dem Schreibtisch Platz, reinigte und stopfte seine Pfeife neu. Nachdem diese wieder rauchte, forderte er seine beiden Besucher mit einem ich bin ganz Ohr zum Sprechen auf. Kerstin begann zu erzählen vom fünfundzwanzigsten Jahrestag der Flucht ihrer Eltern und deren Ankunft auf holsteinschem Boden, hier im Club. Als Beweis legte sie die kopierten Seiten eines Tagebuches vor, dass ihr Vater damals begonnen hatte zu schreiben. Auch ein Foto aus der Lokalzeitung zeigte ihre Eltern zusammen mit dem damaligen Clubleiter. Sie reichte die Seiten Mersenbach über den Tisch, der sich auch sogleich in den Text vertiefte.

Langsam lichtete sich der Morgennebel. Es ging auf 7.00 Uhr zu und die Küste kam in Sicht. Doch es sollten noch 90 Minuten vergehen, ehe wir den Strand erreichten. Ein hochsommerlicher Augusttag lag vor uns. Besorgt fragten wir uns, ob wir wirklich die Küste Schleswig-Holsteins vor Augen hatten. Aus der Ferne näherte sich ein Segelboot. Seine Insassen winkten herüber und riefen etwas, was wir nicht verstanden. Als es abdrehte, sahen wir die Fahne am Heck. Es fiel uns ein Stein vom Herzen: schwarz-rot-gold o h n e Hammer, Zirkel und Ährenkranz. Wir erreichten das Ufer. Offensichtlich waren wir im Gelände eines Jachtclubs angelandet. Trotzdem, zum Jubeln fehlte uns die Kraft. Ich holte die Decken aus dem Boot und kaum hatten wir uns hingelegt, waren wir eingeschlafen.
Erst am frühen Nachmittag erwachten wir. Unseren Bericht von der Flucht über die Ostsee glaubte so niemand von den Anwesenden. Nachdem wir unsere Personalausweise vorgelegt hatten, wich das Misstrauen gastfreundlichen Gefühlen und man lud uns ins Casino ein. (Einer begrüßte Karin sogar mit einem Handkuss!) Die

erste warme Mahlzeit nach zwei Tagen und starker Kaffee halfen uns, wieder auf die Beine zu kommen. Sie erzählten, dass man uns vor Stunden bereits entdeckt und an Hand unserer Ausrüstung Vermutungen über unsere Herkunft angestellt hatte. Nach dem Essen benachrichtigte der Chef des Hauses die Polizei.

Professor Mersenbach legte den Tagebuchauszug schweigend ab und stand auf. Er war mit dabei gewesen, als die beiden schlafenden Paddler gefunden wurden. Er erinnerte sich, dass man ziemlich ungehalten über die angeblichen Hippies war, die unerlaubt Quartier bezogen hatten. Dann entdeckte er an der Decke, in die sich die schlafende junge Frau gewickelt hatte, das Herkunftszeichen. V E B las er. Mit dem Finger auf den Aufnäher zeigend, sagte er zum Clubchef: »Die kommen von drüben«. Erstauntes und ein wenig betroffenes Schweigen war die Reaktion.

Das alles fiel ihm wieder ein, als er zu einer Schublade ging und einen Stapel Fotos hervorholte. Er zeigte Kerstin und Olaf die Bilder. Auf einem stand er zwischen ihren Eltern und hatte seine Arme über deren Schultern gelegt. Als Mersenbach sich das Foto noch einmal genauer anschaute, wusste er plötzlich, warum ihm die junge Frau auf der Straße so bekannt vorkam. Kerstin war das jugendliche Ebenbild ihrer Mutter. Das schmale Gesicht und ihre Sommersprossen hatte die Tochter geerbt. Auch der Bruder konnte seine Mutter nicht verleugnen. Die Kinder erkannten Mutter und Vater auf den Fotos wieder. Die Aufnahmen waren am Tag ihrer Ankunft gemacht worden. Auch ihren Gastgeber, Professor Mersenbach, inzwischen ein viertel Jahrhundert älter geworden, machten sie als den Mann zwischen ihren Eltern aus.

Mersenbach lehnte sich, an der Pfeife ziehend im Schreibtischsessel zurück: »Und nun wollen sie mit dem Boot

ihrer Eltern die Reise in die Gegenrichtung anlässlich des fünfundzwanzigsten Jahrestages antreten?« Er machte beide darauf aufmerksam, dass eine solche Fahrt auch ohne die politischen Probleme von damals heute nicht ungefährlich ist und schlug vor, wenn sie denn schon einmal hier sind, einen Bootskorso zu veranstalten, der ihr kleines Paddelboot auf den Weg nach Boltenhagen begleitet. Bei dem Gedanken, dass es bereits übermorgen losgehen soll, kratzte er sich bedenklich am Kopf, versprach aber, alles möglich zu machen. Kerstin und Olaf durften bis dahin im Gästezimmer des Clubs wohnen. Er forderte sie auf, dass Boot umgehend zusammenzubauen, um eventuelle Schäden noch reparieren zu können. Als die beiden gegangen waren und Kerstin ihm einen Dankeschön-Kuss gab, fragte er sich, was er eigentlich heute im Club gewollt hat. Es fiel ihm nicht mehr ein. Er überlegte, dass er als Initiator des Korsos dabei sein muss und es erforderlich wird, sein Boot umgehend seeklar zu machen. Einige Telefonate Mersenbachs führten dazu, dass sich die Ankunft der beiden Ostdeutschen in der fiel zitierten Windeseile herumsprach. Auch der beabsichtigte Bootskorso fand vor allem unter den älteren Clubmitgliedern, die das Ereignis miterlebt hatten, ungeteilte Zustimmung. Konnten sich doch die meisten noch daran erinnern, was Tagesgespräch war und sogar im Fernsehen Erwähnung fand. Es bedurfte seitens Mersenbachs keiner großen Überredungskünste, zwei weitere Clubfreunde mit ihren Booten für die Fahrt zu gewinnen. Eine Internetabfrage beim Wetterdienst brachte keine besorgniserregenden Hinweise.
Es war Freitagvormittag, als Olaf das mit Kerstin besetzte Faltboot ins Wasser schob und sich hinein schwang. Auf einem der Bootsstege standen zahlreiche Clubmitglieder und winkten zum Abschied, während zwei der Begleitboote bereits in Wartestellung vor der kleinen Hafenein-

fahrt kreuzten, verstaute Mersenbach die letzten Utensilien auf seinem Segler. Nach etwa zehn Minuten schloss auch er sich der Eskorte an.

Während Kerstin, vor ihrem Bruder sitzend, den Rhythmus vorgab, musste sie an damals zurückdenken. Vater hatte es sehr ausführlich beschrieben, wie er und Mutter die Bootssäcke heimlich aus dem Trabant luden und im Gebüsch am westlichen Ortsausgang Boltenhagens, weitab vom bewachten Strand versteckten, im Dämmerlicht das Boot zusammenbauten und nach Eintritt der Dunkelheit starteten.

Die Segel der beiden vorausfahrenden Boote blähten sich. Kerstin spürte den Rückenwind und erhöhte die Schlagzahl, was Olaf zur Ermahnung veranlasste, sich Zeit zu lassen. Keine Hektik, Schwesterlein! Da es diesmal keine Flucht werden soll, haben sie vereinbart, nach maximal drei Stunden eine Pause einzulegen. Mersenbach hatte ihnen angeboten, längsseits zu kommen und sie auf seine Jolle zu übernehmen, damit sie sich die Beine vertreten können. Noch haben unsere beiden Paddler bisher keinen Gebrauch davon gemacht. Einen gewissen sportlichen Rahmen an Härte wollten sie sich schon auferlegen. Zu nächtlicher Stunde wurde beschlossen, auf hoher See zu ankern und auf Mersenbachs Segler einige Stunden zu ruhen. Erst in den Morgenstunden soll die Fahrt fortgesetzt werden, mit dem Ziel, Boltenhagen in den späten Vormittagsstunden des Samstags zu erreichen. Der Professor hatte sich mit den Eltern in Verbindung gesetzt und ein Treffen in Boltenhagen vereinbart, ohne die Kinder darüber zu unterrichten. Es sollte eine Überraschung werden. Mersenbach war ebenfalls gespannt zu erfahren, was aus den Backhausens geworden war. Nachdem man sie am Nachmittag ihres Ankunftstages in das Polizeiauto gesetzt hatte, waren sie sich nie wieder persönlich begegnet.

Am Morgen frischte der Wind auf. Olaf wachte auf durch den gleichmäßigen Wellenschlag, der gegen die Bordwand der Jolle schlug. Seine Schwester hatte sich zur Seite gerollt und schlief noch fest. Der Professor stand bereits an Deck und prüfte das Wetter: »Wir bekommen auflandigen Wind, frühstückt und fahrt los!«, mit diesen Worten begrüßte er Olaf. Dieser ging nach hinten, wo das Faltboot festgemacht war. Es schaukelte in der See. Wasser war nicht übergeschwappt. Einem baldigen Start zur letzten Etappe stand somit nichts mehr im Wege. Der Erfolg der Reise hing vom Wetter ab und davon, wie schnell er seine Schwester wach bekam. Er blickte zur Uhr, es war kurz vor sechs. Zwanzig Minuten später legten sie ab und hielten Kurs Süd-Ost. Mersenbach hatte inzwischen seine beiden Begleiter über Sprechfunk verständigt. Um die Paddler nicht aus den Augen zu verlieren, lichtete er den Anker und setzte das Segel. Er musste kreuzen, da er Gegenwind bekam. Da ihm das auf die Dauer zu mühselig war, warf er den Außenbordmotor an und tuckerte dem Paddelboot in geringer Entfernung hinterher. Trotz der morgendlichen Kühle wurde es unseren beiden ziemlich warm, zumal auch der Wellengang gegenüber dem Vortag zugenommen hatte. Inzwischen waren die anderen Begleitboote heran. Sie verzichteten auf die Motorkraft und manövrierten mit Segelkraft durch den Gegenwind. Erst dachte Kerstin es seien Wolken, doch je näher sie dem dunklen Strich am Horizont kamen, desto klarer wurden die Umrisse der Küstenlinie. Von einem der Segler wurde ihnen ein neuer Kurs zugerufen. Die Geschwister korrigierten ein wenig.

II.

Das Faxgerät schnurrte auf dem Flur. Rolf Backhausen wartete, bis die Meldung durchgelaufen war, ehe er den Text herausnahm. Bestimmt sind es die Kinder, die sich aus dem Urlaub melden. Womöglich brauchen sie Geld, dachte er bei sich. Als erstes stach ihm der Absender Prof. Dr. Martin Mersenbach ins Auge. Zu seiner Frau zurückgekehrt, begann er eilig vorzulesen:
»... haben sich Ihre Kinder entschlossen, Ihren Fluchtweg anlässlich seiner 25. Wiederkehr in die Gegenrichtung anzutreten. Irrtum ausgeschlossen. Ihre Tochter Kerstin ist Ihnen, liebe Frau Backhausen, wie aus dem Gesicht geschnitten. Als sie plötzlich vor mir stand, musste ich an mich halten, sie nicht mit Karin anzusprechen.«
Rolf reichte ihr das Fax und bemerkte beiläufig, dass Mersenbach sie nach Boltenhagen zum Empfang des Bootes einlädt. Karin Backhausen schüttelte den Kopf. Sollte sie die verrückte Idee ihrer Kinder über die Ostsee zu paddeln und sich der Lebensgefahr auszusetzen verurteilen oder sie sich über die Aktion und deren symbolischen Charakter freuen? Ist es ein Dankeschön der Kinder an ihre Eltern, ihnen ein Leben in Freiheit und bescheidenem Wohlstand ermöglicht zu haben?
Wie wird sich das Wiedersehen mit den Menschen gestalten, die sie und ihren Mann auf den ersten Schritten im neuen Land begleiteten? Während sie noch Antwort auf diese Fragen suchte und keine fand, sagte Rolf: »Die Kinder wissen nichts von dem Fax.« Sie stimmte zu, sofort nach Boltenhagen aufzubrechen und ihre seefahrenden Kinder in Empfang zu nehmen.
Trotz des Saisonbetriebes war es ihnen gelungen, zwei Zweibettzimmer zu reservieren. Dank der gestaffelten Schulferien in den deutschen Ländern waren Zimmer frei geworden. So richteten sich beide auf die Ankunft der

Kinder ein. Der Tag vor der Ankunft wollte nicht vergehen und an einen ruhigen Schlaf war in der Nacht nicht zu denken. Bereits kurz vor neun Uhr liefen beide an den Strand. Nur vereinzelte Frühbader und Jogger waren um diese Zeit schon unterwegs. Eine Brise wehte in Richtung See. Rolf hatte sein Fernglas bei sich. Der Versuch, die Seefahrer per Handy zu erreichen, misslang. Offensichtlich befanden sie sich noch außerhalb der Reichweite eines Senders. Wo genau sie anlegen wollen, wissen die Kinder vermutlich selber noch nicht, meinte Rolf, dem das ewige Hin- und Herlaufen und Ausschauhalten nervös machte und ermüdete. Auf einem Hügel in den Dünen machte er es sich bequem, legte sich erst einmal hin und forderte seine Frau auf, es ihm gleich zu tun. Sie setzte sich an seine Seite und schloss die Augen nur für kurze Zeit. Mit ihren Gedanken war sie bei Kerstin und Olaf. Die Sorgen, die sie sich um ihre beiden machte, betrafen nicht allein das zu Ende gehende Seeabenteuer. Es war ihr nicht entgangen, dass es nicht nur geschwisterliche Gefühle waren, die beide verband. Zuerst hatte sie die zunehmende Harmonie zwischen beiden als Reifeprozess wohlwollend empfunden. Auch die gemeinsamen Discobesuche und ihre stets gemeinsame Rückkehr machte sie noch nicht stutzig. Erst das Ausbleiben eines Freundes, beziehungsweise einer Freundin im Laufe der Jahre verwunderte sie. Was in ihren Kindern wirklich vorging, wurde ihr schlagartig bewusst, als sie einmal überraschend nach Hause kam. Im Bad rauschte die Dusche. Die Stimmen ihrer Kinder und andere Geräusche, die hinter der Türe zu vernehmen waren, ließen keinen Zweifel an dem, was sie seit einiger Zeit vermutete und befürchtete. Ein Blick in Kerstins Zimmer beseitigte jeglichen Zweifel. Im zerwühlten Bett lag Olafs Schlafanzug. Als sie Rolf von ihren Beobachtungen erzählte, wollte er es erst als Hirngespinst abtun. Aber seine eigenen Beobachtungen und Gedanken ließen ihn zur Überzeugung gelangen, dass seine Frau keineswegs einer fixen Idee verfallen war. Ihre Hoffnung, dass mit Olafs Studium und der Trennung von seiner Schwester das Ganze zu einer Episode würde, erfüllte sich nicht. Kurz nach Beginn des Studiums begann Kerstin, an den Wochenenden, zu ihm zu fahren. Schwerlich fanden sie sich mit dieser Situation ab. Enkel werden wir wohl nie bekommen, schlussfolgerte Rolf resignierend. Karin sagte dazu nichts. Sie hatte dergleichen Gedanken schon einmal Kerstin gegenüber geäußert und wurde von ihr auf entsprechende Möglichkeiten im Ausland verwiesen. Auch dass Eheschließungen zwischen Geschwistern in manchen Nachbarländern zugelassen sind, erfuhr sie von ihr. Kopfschüttelnd schaute sie zu ihrem Mann, der ruhig atmend auf der Seite lag und schlief. Nein, Augen zu und schlafen, wie er, konnte sie jetzt beim besten Willen nicht. Schließlich muss einer die Ankunft mitbekommen, meinte sie. Aus ihrem Beutel erklang die elektronische Wiedergabe des Donauwalzers von Johann Strauß. Rasch griff sie zum Handy und drückte die Taste mit dem grünen Telefonhörer. Mersenbach kündigte die baldige Ankunft an und beschrieb die Anlegestelle. Es waren nur wenige Schritte bis dahin. Am Horizont konnte man die Segel der Begleitboote bereits deutlich erkennen. Sie weckte Rolf: »Komm, wach auf! In zwanzig Minuten legen sie an.« Dabei zeigte sie auf die Schiffe. Das Paddelboot war auch mit dem Fernglas noch nicht auszumachen. Sie konnte nicht sehen, dass ihre Kinder parallel neben einem der Segler entlang fuhren und somit von Land aus kaum sichtbar waren.

Acht Personen saßen um den runden Tisch. Die Eheleute Backhausen hatten alle eingeladen, die an dieser denkwürdigen Fahrt ihrer Kinder teilgenommen hatten. Die Kapitäne der Segler hatten sich relativ rasch von ihrem

Törn erholt. Kerstin und Olaf standen die Strapazen noch ins Gesicht geschrieben. Obwohl es zeitig am Abend war, fielen Kerstin bereits des Öfteren die Augen zu. Ihren Sekundenschlaf absolvierte sie an den Schultern des Professors, der es mit Wohlgefallen wahrnahm. Am Nachbartisch beobachtete ein Seemann lächelnd das Geschehen und warf Mersenbach einen viel sagenden Blick zu. Im Gegensatz zu unseren Freizeitkapitänen sah man ihm an, dass er auf dem Meer zu Hause war oder es noch ist. Neben seinem Abendbrotteller standen zwei geleerte Schnapsgläser. Das dritte Glas wurde soeben serviert. Auffällig an diesem Stillleben waren nur die fehlenden Biertulpen. Unser Seemann blieb beim Hochprozentigen und verzichtete auf den Gestensaft zum Nachspülen. Sein Blick ging nicht das erste Mal zu dem runden Tisch und seinen Gästen. Mit steigendem Alkoholpegel war dort die Lautstärke angestiegen. Für ihn war es nicht schwer, den Gesprächsstoff am Nachbartisch mitzubekommen. Die familiäre Zusammensetzung der Gäste ergab sich aus den Anreden. Als Frau Backhausen aufstand und an seinem Tisch vorbei kam, sprach der Seemann sie an:
»Ich glaube, unser Schiff hat ihnen damals die Flucht ermöglicht. Ich war vor fünfundzwanzig Jahren bei der Grenzbrigade Küste und unser Boot sollte eigentlich solche Ausflüge, wie Sie sie unternahmen, verhindern.«
Karin blieb irritiert stehen:
»Wer sind sie?« Der Seemann stellte sich als Wolfgang Danzer vor. Karin bat ihn mit an den Tisch zu kommen und seine Geschichte zu erzählen. Der Seemann schlug ihr vor, ein paar Minuten an seinem Tisch Platz zu nehmen, was Karin dann auch tat.

III.

Es war wieder einer jener Nächte, die der Kommandant des Küstenwachbootes als ideales Fluchtwetter bezeichnete, als gegen Mitternacht Nebel aufkam. Obermeister Danzer stand am Radargerät und starrte auf den rotierenden Radius, der die Radarechos beim Überstreichen der Scheibe unterschiedlich hell aufleuchten ließ. Sie hatten das wochenlang geübt, die Radarechos zu interpretieren, Wellenkämme von Treibgut und Segelschiffe von Frachtern zu unterscheiden. Auch die technischen Grenzen der Geräte waren ihm bekannt. In den Sommernächten während der Feriensaison wurden immer wieder Versuche unternommen, auch auf dem Seewege das Land zu verlassen. Es war in der dritten Morgenstunde. Die Nebelhörner der großen Frachter sangen ihr Lied. Auf dem Bildschirm näherte sich ein großer Leuchtfleck dem Mittelpunkt der Radarscheibe. Sein Weg hatte sich tief in das Kreisinnere des Bildschirmes eingeschnitten und leuchtete noch einige Winkelsekunden nach. Als Danzer kurz aufschaute, durchdrang der blinkende Signalscheinwerfer des Schiffes den Nebelschleier. Es war ein Boot der Volksmarine, das ihren Weg kreuzte. Über dem Dach der Kommandobrücke blitzte es auf, als die Antwort hinüber geblinkt wurde.

»Noch zwei Stunden, dann sind wir wieder zu Hause«, meinte der Kommandant. Auch ihn hatte das Wetter mürbe gemacht. Während der Leuchtfleck des Kriegsschiffes sich langsam entfernte, bemerkte Danzer im ersten Quadranten einen leicht verwaschenen Punkt zwischen den Radarechos der Wellen. Er war auch nicht bei jeder Umdrehung des Leuchtzeigers auszumachen. Pflichtgemäß informierte er den Kommandanten und zeigte auf den schwachen Echopunkt. Die beiden Männer sahen sich an. Der Kommandant schaute auf seine Uhr

und entschied: »Das ist Treibgut.« Mit einem unvorschriftsmäßigen »Aye, aye Sir«, quittierte Danzer erleichtert die Entscheidung seines Chefs. Dieser überhörte es geflissentlich.
»Wir hatten uns dem Punkt vielleicht auf etwa achthundert Meter genähert, konnten aber auch mit dem Suchscheinwerfer, der routinemäßig die See absuchte, nichts entdecken.« Mit diesen Worten beendete der Seemann seine Erinnerungen, griff zu seinem Glas und trank es aus. Dann schaute er Frau Backhausen an und meinte tiefsinnig: »So war das damals. Es könnte Ihr Boot gewesen sein.«
Karin Backhausen bestellte ihm noch einen Kurzen und sich einen Schoppen Weißwein. Sie war neugierig geworden und wollte seinen Redefluss in Gang halten. Es war spannend, wie der Mann zu erzählen verstand und es war die erste Begegnung mit einem, der diesem Regime gedient hatte, dem sie damals entkommen war. Persönlich kannte sie niemanden, der bei der Armee, Polizei oder Staatssicherheit tätig war. Danzer fuhr fort und erzählte, dass diese Nacht ein Nachspiel hatte, weil die Presse in Schleswig-Holstein über die gelungene Flucht berichtete. »Natürlich versuchte die Führung der Grenzbrigade einen Schuldigen zu finden, der in der in Frage kommenden Zeit Dienst getan hatte und dafür zur Verantwortung gezogen werden konnte. Aber der Zeitungsartikel, dem man weder mir noch meinem Kommandanten zu lesen gab, war offensichtlich zu nebulös, als dass ein konkreter Fluchtfahrplan daraus abgeleitet werden konnte. Was uns letztlich vom Vorwurf der Fluchtbegünstigung befreite, war unser Radar, dass nicht mit voller Leistung betrieben werden konnte. Eine Wartung und Reparatur war mehrmals verschoben worden. Ja, so war das damals.«
Das er diesen Satz schon einmal gebrauchte, dachte Karin, behielt es aber für sich und fragte statt dessen: »Was machen Sie heute?« Nachdem der Seemann sich eine

Zigarette angesteckt und den fünften Kurzen bestellt hatte, antwortete er: »Schöne Frauen mit meinen alten Seemannsgeschichten langweilen.« Erwartungsgemäß widersprach Karin dem Prädikat langweilig beharrte aber darauf, etwas aus seinem jetzigen Leben zu erfahren. Wie für viele seiner Zeitgenossen kam mit der Wende auch für den Stabsobermeister Danzer das berufliche Aus, als die Grenztruppen und die Grenzbrigade Küste aufgelöst wurden. Obwohl er sich nichts vorzuwerfen hatte, bewarb er sich nicht um eine Fortsetzung seines Dienstes beim Bundesgrenzschutz, sondern bestritt seinen Lebensunterhalt mit der Vermietung seines Häuschens, dass bei bescheidener Lebensführung auch seinen Mann ernährte.

Karin verabschiedete sich und ging zurück auf ihren Platz. Am runden Tisch hatten sich die Reihen gelichtet. Mersenbach und seine Clubfreunde waren schon auf ihre Boote gegangen. Nur Rolf, ihr Mann, und Olaf waren zurückgeblieben und warteten auf Mutter.

IV.

»... und du hast wirklich vor, Zuckmayers *Kaltes Licht* als Puppenspiel zu inszenieren?«, fragte Olaf seine Schwester, die auf seinem Schoß Platz genommen hatte. Sie strich ihm leicht durchs Haar und meinte, dass es mit einem angehenden Dramaturgen in der Familie doch möglich sein müsste, den Thriller entsprechend umzuschreiben. Olaf versuchte sich an den Stoff zu erinnern: Es war kurz nach dem zweiten Weltkrieg, die beiden Supermächte bastelten an der Atombombe und die Atomspionage blühte. Hinzu kam der Koreakrieg, in den zwar die Vereinigten Staaten, aber nicht die Sowjetunion verwickelt waren. Todesstrafen für Hochverräter zu verhängen, war noch üblich. In diesem Milieu siedelte Zuckmayer sein Theaterstück an und griff auf einen authentischen Fall in Großbritannien zurück. Ein ehemaliger deutscher Emigrant und Atomphysiker hat seine Kenntnisse vom Manhatten Projekt an die Sowjetunion weiter gegeben. Das Manhatten Projekt war der Deckname für den Bau der ersten Atombomben in den USA. Nach dem Kriege kehrte der Mann dann nach Großbritannien zurück und setzte dort, bis zur Enttarnung, seine Spionagetätigkeit fort. Die Britten beließen es bei einer hohen Zuchthausstrafe und verzichteten auf ein Todesurteil. Man hielt dem Spion zu gute, dass er für die Sowjetunion, dem bisherigen Verbündeten des Vereinigten Königreiches, gearbeitet hatte und gab auch dem Auslieferungsgesuch der Vereinigten Staaten nicht nach. Dort wollte man ihn, wie das Ehepaar Rosenberg, auf den elektrischen Stuhl setzen. Anfang der sechziger Jahre wurde der Mann begnadigt und verließ Großbritannien in Richtung DDR, wo er als Professor und Institutsdirektor weiter als Kernphysiker tätig war.

Zuckmayer hat die Zeit in England und seine Enttarnung, die in eine Art Selbstanzeige mündete, zum Gegenstand seines Stückes gemacht. Ein spannungsgeladenes Stück, das Kerstin in ein Puppenspiel für Erwachsene umsetzen will. Olaf versprach ihr zu helfen. Beide beschlossen, weder den politischen Aspekt noch die kernphysikalischen Details über Gebühr zu beanspruchen, sondern dem Unterhaltungswert den Vorrang zu geben.

»Wie willst du Wolters, den Agenten, darstellen?«, fragte Olaf und hakte nach: »Der Holzschnitzer muss ja wissen, wie er den Kopf gestalten soll. Ist er ein krimineller Hohlkopf, der vom Neid zerfressen ist, weil er nicht zur ersten Riege der Physikerprominenz des zwanzigsten Jahrhundert gehört? Schließlich war er kein Oppenheimer, Kurtschatow oder v. Ardenne. Hat er sich wie Faust dem Teufel verschrieben, aber die Wette verloren?«

»Wieso hat er die Wette verloren, Olaf? Wäre Wolters auf dem elektrischen Stuhl gelandet, dann ja. Aber er kam aus dem Kerker wieder frei. Ich denke, er war ein bedeutender Wissenschaftler, kein ganz großer, aber einer der zahlreichen, die an der Nutzung der Atomenergie mitgewirkt haben. Ob an der Bombe oder später im Kraftwerk lassen wir einmal dahingestellt. Ich habe da eine Idee....«

Kerstin ging nach hinten und kam mit einer Handpuppe zurück. Sie trug einen weißen Kittel und aus der Brusttasche schaute ein Stethoskop heraus, was den Träger als Arzt oder im Kinderstück als Onkel Doktor auswies. Sein Kopf war mit einer akademischen Halbglatze versehen und auf der Nase saß eine dunkel eingefasste Brille, die den intellektuellen Eindruck noch verstärkte.

»Wenn wir ihm das Stethoskop aus dem Kittel nehmen – fertig ist unser akademischer Spion Wolters. Wir brauchen keine neue Figur und sparen Geld.« Olaf schob seinen Mittelfinger in den Onkel Doktor und schaute ihm prüfend ins Gesicht als wolle er ihn fragen, ob er dieser Rolle gewachsen sei. Die Puppe mit dem dicken Brillenrand hielt dem Blick stand. »Bisschen humorlos, findest du nicht?« »Kommunistische Spione waren immer humorlos,« meinte Kerstin. »Falsch,« erwiderte Olaf. »Doktor Sorge, der für die Sowjets in Japan spionierte, soll sehr charmant und humorvoll gewesen sein. Ich glaube, sein Leben stand Pate für James Bond, zu mindestens was die Frauen betrifft.«

Kerstins Vorschlag, *James Bond* für die Puppenbühne zu bearbeiten, lehnte Olaf ab. Aktions-Effekte, die das Publikum aus den Filmen gewöhnt sind, lassen sich im Puppentheater kaum realisieren. Auf alle Fälle waren sie sich einig, was den Wolters und die ihn verkörpernde Puppe betraf.

V.

Im Saal duftete es nach Tannengrün. Die elektrischen Kerzen des Weihnachtsbaumes warfen warmes Licht in das Theater. Die Baumbeleuchtung blieb auch während der Vorstellung an, sie störte nicht. Auch dann nicht, wenn auf der Bühne Abenddämmerung angesagt war und Schneefall imitiert wurde. Die Kinder warteten gespannt. Hilft der Weihnachtsmann dem armen Mädchen mit den Schwefelhölzchen, trifft er rechtzeitig ein und schützt es vor dem Erfrieren? Wie in Märchen, besonders zur Weihnachtszeit, fand auch dieses Märchen ein gutes Ende. Olaf hatte es dramaturgisch überarbeitet. Im Original von Hans-Christian Andersen spielt auch der Weihnachtsmann nicht mit, eine Figur, die auf seinen Einfall hin in das Stück aufgenommen wurde. Der Vorhang fiel, die Saalbeleuchtung erhellte allmählich den Raum. Aufgeregt durcheinander redend erhoben sich die Kinder und strebten zusammen mit ihren Eltern oder Großeltern dem Ausgang zu.

Kerstin und Olaf kletterten herab und nahmen ihre Mikrofon-Kopfhörer-Kombination ab. Durch eine Seitentür trat die Kassiererin herein und meldete den Umsatz. »Hätte besser sein können«, meinte Olaf. »Was willst du? Zu zwei Dritteln ausgelastet, die Hälfte der Zuschauer Erwachsene, die den vollen Eintrittspreis bezahlen«, entgegnete Kerstin.

»Wir müssen mehr Stücke für Erwachsene aufführen. Wenn wir keine finden oder uns jemand welche schreibt, heißt es, selbst ist der Mann. Wie wäre es, unsere Ostseefahrt dramaturgisch umzusetzen? Wie denkst du darüber, Bruderherz?«

Das Bruderherz legte seinen Arm um die Schulter der Schwester. Keine schlechte Idee, da hätte ich gleich einen Stoff für meine Semesterarbeit. Zu Hause angekommen, entzündete Kerstin erst einmal die drei Adventskerzen und warf die Kaffeemaschine an, während Olaf sich sofort am Schreibtisch niederließ, um seine ersten Gedanken für das Sommerstück zu skizzieren. Kerstin ließ ihren Bruder gewähren. Es hätte wenig Sinn, ihn darauf hinzuweisen, dass er vergessen hatte, seinen Mantel auszuziehen. Sie kannte ihn zu gut und ihre Beziehung war mit dem eines länger zusammenlebenden Paares vergleichbar. Sie drückte ihren Körper an den Seinen und strich ihm über den Kopf: Kommst du Kaffee trinken? Er streichelte sie mit seiner freien linken Hand und stand, nachdem er den letzten Gedanken niedergeschrieben hatte, auf. Was duftet mehr, Mutters Stollen, der Kaffee oder die Adventskerzen? Das in eine Frage gehüllte Kompliment tat Kerstin gut. Trotzdem konnte sie sich nicht zurückhalten, eine wenig ernst zu nehmende Antwort bereitzuhalten: »Am besten du kostest alle drei Dinge und fängst mit den Kerzen an«. Olaf lächelte. Er war solche Antworten seines Schwesterchens gewöhnt. Hätte sie nicht das letzte Wort, ihm würde etwas fehlen. Sie aßen und tranken schweigend. Es hatte begonnen, zu schneien. Wie in ihrem Theaterstück, dachten beide gleichzeitig.

Aus dem Tagebuch des Privatdetektivs Uwe Kiel

Liebe Leserin und lieber Leser,

die hier beschriebenen Ereignisse liegen bereits mehrere Jahre zurück. Inzwischen habe auch ich mich in den wohlverdienten Ruhestand zurückgezogen und beschlossen, die spektakulärsten Fälle an Hand alter Unterlagen, Tonbandaufzeichnungen und aus der Erinnerung heraus aufzuschreiben. Meine Partnerin und Assistentin, die Ärztin Frau Dr. Ramona Leicht, hat mich dabei maßgeblich unterstützt und das vorliegende Tagebuch durch eigene Beiträge ergänzt.

Beim Lesen wünschen wir Ihnen viel Spannung und Spaß!

Uwe Kiel
und
Dr. Ramona Leicht

1. Die gestohlenen Hühnereier

Montag, 17. Mai 1999

Es war kurz nach 08:00 Uhr, da rief mich eine Frau Müller-Thümmler aus dem hiesigen Serumwerk an. Sie bat um meine Unterstützung beim Finden eines Eierdiebes im Werk. Ich dachte erst an einen schlechten Scherz und schaute auf den Kalender: Heute war der 17. Mai und nicht der 1. April oder der 11.11. Es waren offensichtlich in den letzten Wochen mehrere Serien geimpfter Hühnereier gestohlen worden, die für Impfstoffe benötigt werden. Die Vermutung der Anruferin ging dahin, dass es sich hierbei um Werkspionage oder um Diebstahl neu entwickelten Impfstoffes handle. Ich teilte die Auffassung des Werkes und erklärte meine Bereitschaft, den Fall zu übernehmen. Für Übermorgen um 09:00 Uhr vereinbarten wir ein Treffen in der Firma.

Mittwoch, 19.Mai 1999

Als ich das Büro von Frau Müller-Thümmler betrat, hätte ich sie beinahe mit Frau Müller-Thurgau angesprochen. Auf ihrem Schreibtisch stand zu dieser frühen Morgenstunde ein halbvolles Glas Weißwein, gelblich-grün schimmernd, wie jene Rebsorte. Sie begrüßte mich matt lächelnd und erklärte mir noch einmal den Sachverhalt. Bei der Nennung bestimmter Pharmaka mit ihren zum Teil komplizierten Bezeichnungen merkte ich, dass der Alkohol schon seine ersten Wirkungen tat. Ihr Angebot, ein Gläschen mitzutrinken, lehnte ich dankend ab, weil ich mit dem Wagen sei. »Ich doch auch«, meinte Frau Müller-Thümmler und fügte hinzu, dass ihr Wagen über eine automatische Schaltung verfüge und deshalb Alkohol für sie kein Problem sei. Dabei lachte sie verhalten über ihren eigenen Witz. Während wir noch über meinen Einsatz und das weitere Vorgehen berieten, klingelte das Telefon. Erst wollte sie sich die Störung verbitten, ließ sich dann aber umfassend berichten. Soviel ich mitbekam, ist ein Mitarbeiter mit einer Charge präparierter Eier gestürzt und hat dabei diese und ein Laborgerät zerschlagen. Der Personalchef forderte sofort die fristlose Entlassung des Mitarbeiters. Mehr aus Gewohnheit fragte ich nach der untergegangenen Charge. Frau Müller-Thümmler stutzte. Sie wurde rot vor Aufregung und trank hastig ihr Glas aus.

»Das ist genau die Charge, die wir nachproduzieren mussten, weil diese vorige Woche gestohlen wurde!« Sie blickte nochmals auf ihre Unterlagen und bestätigte: Irrtum ausgeschlossen. Wir schauten uns an und hatten den gleichen Gedanken: Der Unfall war kein Unfall, sondern Sabotage.

»Wenn Sie diesen Mann jetzt rausschmeißen, hören vielleicht die Diebstähle auf, aber wir erfahren dann nicht, für wen er gearbeitet hat«, wagte ich einzuwenden. Mein Gegenüber nickte. Dann warf sie mir einen bedeutungsvollen Blick zu, ließ ein kurzes Aufstoßen vernehmen und zeigte mit dem Finger auf mich, als wolle sie ihren Worten damit mehr Bedeutung geben:

»Sie fangen morgen bei uns an. Sie sind eingestellt.« So schlecht war der Gedanke gar nicht. Bloß was für eine Legende will sie mir geben? Ich kann weder als Chemiker, noch als Pharmazeut auftreten, dazu fehlt mir einfach das nötige Wissen. Plötzlich hatte ich eine Idee: Wie wäre es, wenn Ramona für mich recherchieren würde? Ein älterer Kollege, der öfters ihre Urlaubsvertretung übernommen hat, um seine Rente aufzubessern, könnte einspringen. Laut sagte ich: »Ich kann das nicht bei meinen lückenhaften Fachkenntnissen auf diesem Gebiet. Ich schicke Ihnen eine Ärztin. Den Namen können sie sich aussuchen.«

In der Mittagspause ging ich zu meiner Freundin Ramona. Ich habe es nicht weit bis zu ihr. Ihre Praxis und meine Büroräume liegen auf einer Etage. Sozusagen Tür an Tür. Was die wenigsten wissen: Zwischen unseren beiden Wohnungen gibt es einen Durchbruch und wir können uns unbemerkt von Kunden und Patienten gegenseitig besuchen. Als ich eintrat, hatte sie es sich gerade mit ihren beiden Damen, wie ich ihre Mitarbeiterinnen scherzhaft nannte, bei Kaffe und Pizzabrötchen gemütlich gemacht. Nachdem auch ich eine Tasse Kaffee in der Hand hielt, antwortete ich auf ihre rhetorische Frage, »Was gibts?«, kurz und direkt: »Du musst ab morgen zu einem Sondereinsatz, gestohlene Hühnereier auffinden.« Ihre Krankenschwester, die blonde Bärbel, kicherte. Ramona vergaß, ihr Brötchen abzubeißen und warf mir einen belustigt – fragenden Blick zu, ehe sie antwortete: »Soll ich dich einem Fachkollegen vorstellen, er ist ein ausgezeichneter Psychiater!« Ich bat sie, mit zu mir zu kommen. Als wir allein waren, erzählte ich ihr alles und forderte sie auf, ihren Kollegen zu bitten, die Praxis für eine Woche zu übernehmen. Sie rief bei ihm an und er zeigte sich hoch erfreut. Offensichtlich steckte er wieder einmal in Geldnöten. Damit war auch dieses Problem gelöst.

Donnerstag, 20. Mai 1999

Es berichtet Frau Dr. Leicht.
Uwe begleitete mich ins Serumwerk. Frau Müller-~~Thurgau~~ Thümmler empfing uns freundlich erleichtert. Dieses Mal schien sie nüchtern, bot uns dann jedoch einen guten Tropfen an. Während Uwe dankend ablehnte, sagte ich zu.

Vielleicht fällt es weniger auf, wenn Besucher von Frau Müller-Thümmler etwas angeschlagen aus ihrem Büro kommen. Ich gehe einmal davon aus, dass man in der Firma die Gewohnheiten dieser Frau kennt und offensichtlich damit lebt. Uwe warf mir einen missbilligenden Blick zu, den ich jedoch geflissentlich übersah. Der gut gekühlte Moselwein schmeckte nach mehr. Inzwischen hatte man sich für meinen Einsatz eine Legende ausgedacht: Ich heiße Dr. med. Rosamunde, nein, nicht Pilcher, sondern Luther. Man hatte den Namen gewählt, damit die Initialen R L übereinstimmen, falls ich diese auf irgend welchen Gegenständen (Taschentücher, Schlüsselanhänger) trage.

Man führte mich als Gast eines bekannten Forschungslabors ein, mit dem das Serumwerk schon lange in Kontakt steht und auch Aufträge an dieses vergibt. Mein Einsatz war auf eine Woche, also bis nächsten Mittwoch beschränkt. In einem Labor stellte man mir einen Platz zur Verfügung und ich fing an, mir die Protokolle die letzten Chargen besagter Eier einmal genau anzusehen. Gänzlich neu war diese Arbeit nicht für mich. Für Uwe wäre es ein unmögliches Unterfangen.

Beim Mittagessen in der Kantine trafen mich neugierige Blicke, aber ich wurde nicht angesprochen. Am Nachbartisch lästerten ein paar Männer lauthals über einen Kollegen. Schnell begriff ich, dass von dem Eierunfall am Vortag die Rede war. Der Herr hatte sich bei seinem Unfall – oder war es Vorsatz – verletzt und war krank geschrieben. Nach dem Essen rief ich Uwe an und teilte ihm das mit. Uwe dankte und wollte sofort mit der Observation des Verdächtigen beginnen.

Ich setzte derweil mein Aktenstudium fort. Weit kam ich nicht. Gegen 14:00 Uhr rief Uwe an um mir mitzuteilen, dass er den Mann bewusstlos in seiner Wohnung gefunden habe und ob ich ihn mir einmal ansehen möchte. Ich lehnte ab und forderte Uwe auf, den Notarzt zu verständigen. Er soll herausbekommen, in welches Krankenhaus man in bringen werde, dann kümmere ich mich um alles weitere. Ich selbst ging zu Frau Müller-Thümmler und teilte ihr mit, dass Herr Wagner, so heißt der Verdächtige, ins Krankenhaus gebracht würde. Aus den Symptomen, die mir Uwe am Telefon genannt hatte, schloss ich, dass eine Infektion nicht auszuschließen war. Obwohl der Mann mit den zerschlagenen Eiern beim Sturz in Berührung gekommen war, kann ich mir nicht vorstellen, wie es zu diesem Krankheitsbild gekommen sein soll. Ich entschloss mich, persönlich ins Krankenhaus zu Herrn Wagner zu fahren und den behandelnden Kollegen von meinem Verdacht zu berichten.

Im Krankenhaus erfuhr ich, dass man den Patienten auf die Intensivstation gelegt habe. Der behandelnde Arzt, übrigens ein Studienfreund von mir, schüttelte den Kopf und meinte, dass das Krankheitsbild eher nach einem Tropenfieber aussehe. Laborergebnisse stehen noch aus. Dabei erzählte ich ihm von dem Unfall mit den Eiern und fragte ihn, ob eine Infektion möglich sei und nannte ihm die Chargen. Es handelt sich um die Entwicklung zu einem multiviralen Impfstoff. Ziel der Forschung ist es, einen Grippeschutzimpfstoff zu entwickeln, der nicht allein einen Virenstamm bekämpft, sondern das Immunsystem des Menschen in die Lage versetzen soll, den unterschiedlichsten Grippeerregern Herr zu werden und auch gegen plötzlich auftretende Vierenmutationen gewappnet zu sein. Ein ehrgeiziges Projekt, an dem die Konkurrenz (heute nennt man das diskret Mitwettbewerber) stark interessiert sein dürfte. Als ich Karl-Heinz, dem Stationsarzt, meine Vermutungen nannte, dankte er mir. Es folgten die üblichen Fragen, die man sich nach so langer Zeit stellt, wenn man in der Jugendzeit die Hörsaalbank gemeinsam gedrückt hat.

Abends war ich neugierig, was Uwe noch herausgefunden hatte. Wie ich ihn kenne, hat er die Zeit bis der Notarzt kam dazu genutzt, die Wohnung einer professionellen Haussuchung zu unterziehen. Das Herr Wagner der gesuchte Eierdieb ist, stand für mich fest. Umso überraschter war ich, als mir Uwe mitteilte, dass in der Wohnung vor ihm jemand auf Besuch war, der offensichtlich versuchte, Wagner zu vergiften. Nur das zufällige Eintreffen Uwes und der Anruf beim Rettungsdienst rettete diesem Mann das Leben. Jetzt kommen mir Zweifel, ob meine Vermutungen, die ich im Krankenhaus geäußert habe, wirklich zutreffen. Die Vergiftung kann ja ganz andere Ursachen haben. Doch dann vergegenwärtigte ich mir noch einmal die Symptome. Nein, so falsch lag ich nicht mit meiner Diagnose. Laut sagte ich zu Uwe:
»Also müssen wir noch einen verhinderten Mörder finden und die Auftraggeber für die Wirtschaftsspionage.« Uwe nickte bejahend, denn er war gerade dabei, seine Sherlock-Holmes-Pfeife in Brand zu setzen. Das war für ihn immer eine willkommene Gelegenheit, nicht reden zu müssen. Nachdem sich die ersten Wolken gen Zimmerdecke verzogen hatten, antwortete er: »Meine Kollegen bei der Polizei würden jetzt versuchen, ein Täterprofil zu erstellen. Wer verrät seine Firma und setzt damit nicht nur seine Entlassung aufs Spiel, riskiert auch noch eine gerichtliche Verfolgung wegen Mordes und Spionage?«
»... und du hast verhindert, dass die Ermittlungen in einem Mordfall aufgenommen werden«, sagte ich zu ihm. Denn die Polizei weiß von nichts. Bisher stellt sich das Geschehen als Erkrankung, schlimmsten Fall als Betriebsunfall dar. Uwe nickt und meinte, dass er sich das auch schon überlegt habe. Meine Frage, ob er was Wichtiges in der Wohnung gefunden habe, verneinte er.
Für den morgigen Freitag vereinbarten wir, dass ich noch einmal ins Labor gehe und meine Arbeit an den Unter-

lagen abschließe. Er wolle sich mit der Sicherheitsbeauftragten treffen und mit ihr noch einmal die Wohnung des Wagners gründlich durchsuchen.

Freitag/Samstag, 21./22. Mai 1999

Es berichtet Uwe Kiel
Ob rot vor Erregung oder Alkohol war nicht auszumachen. Jedenfalls hörte mir Frau Müller-Thümmler aufmerksam zu. Ihr halbvolles Glas blieb, während ich sprach, unberührt. Meiner Idee, die Wohnung nochmals gründlich zu durchsuchen, stimmte sie zu. Rechtliche Bedenken hatte sie keine. Damit kam sie mir sehr entgegen. Verglichen mit dem, was wir an Straftaten aufzudecken gedachten, war unsere illegale Hausdurchsuchung nur Kleinkram, falls die Behörden davon Wind bekommen würden. (Das Damoklesschwert des Lizenzentzuges schwebte schon des Öfteren über mir. Inzwischen habe ich mich auch an diese Gefahr meines Berufsstandes gewöhnt!)
Als wir die Wohnung betraten, zogen wir unsere Schuhe aus. Vorsorglich hatte ich zwei Paar Gummihandschuhe eingesteckt, die wir uns nun überzogen. Frau Müller-Thümmler warf mir einen verschwörerischen Blick zu. Trotz des Ernstes der Lage, wirkte es irgendwie komisch auf mich und ich drehte mich zur Seite, damit sie nicht sah, wie ich lachen musste. Während Frau Müller-Thümmler Aktenordner durchsah (ich hatte sie darum gebeten), sah ich mich in der Wohnung nach irgendwelchen Verstecken um. Wagner wohnte allein, das Doppelbett war nur zur Hälfte überzogen. Über dem Bett hing ein so genanntes Schlafzimmerbild: Elfenreigen in Vollmondnacht an einem lauschigen Waldteich – s c h ö n .
Mehr Routine als Wissen veranlasste mich, das Bild abzu-

nehmen. Auf seiner Rückseite klebte ein Briefumschlag Format C 5. Ich löste vorsichtig die Leukoplaststreifen. Der Umschlag selbst war nicht verschlossen. Darin befanden sich verschiedene Dokumente in kyrillischer Schrift. Nur ein paar handschriftliche Eintragungen 250.000 CHF, 25.000 USD, keine DM-Beträge. Ich packte alles auf dem Wohnzimmertisch aus und fotografierte die Dokumente mit meiner Kleinbildkamera einzeln ab. Es war Vormittag und die Sonne schien – ideale Lichtverhältnisse. Meine Begleiterin unterbrach ihre Arbeit, warf mir einen fragenden Blick zu und erwartete eine Antwort.
»Frau Müller-Thümmler, ich glaube wir haben gefunden, was wir suchen. Ich mache noch ein paar Aufnahmen von den Dokumenten, dann können wir wieder gehen.«
Zu meinem Erstaunen konnte Frau Müller-Thümmler das lesen und übersetzte mir zum Teil fließend, was da stand.
»Das ist ukrainisch, Herr Kiel. Ich habe aber noch nicht herausgefunden, wer der Verfasser ist. Ach so, hier stets.«
Sie blickte kurz auf, sah sich suchend um: »Gibt's hier nichts zu trinken in dieser Wohnung?« Dass es ihr nicht nach Wasser gelüstete, war mir klar. Deshalb vermied ich eine Bemerkung bezüglich eines Wasserhahns in der Küche und suchte statt dessen im Sekretär nach einem entsprechendem Fach. Ich wurde fündig: zwei Wodkaflaschen und eine Flasche Eierlikör. Aber Frau Müller-Thümmler hatte im Kühlschrank etwas Besseres entdeckt: einen Riesling. Sie warf mir einen triumphierenden Blick zu und meinte: »Das sind meine Suchergebnisse, Herr Kiel!« Ich lachte pflichtschuldig. Nach ein paar Schlückchen erfuhr ich, dass Herr Wagners Auftraggeber eine Stiftung in Kiew ist. »Vermutlich steckt da der ukrainische Auslandsgeheimdienst dahinter«, erläuterte sie. Nachdem sie ihr Glas abgewaschen hatte, verließen wir die Wohnung. Im Betrieb ging mein Film sofort ins Fotolabor. Sie versprach noch heute eine Übersetzung

zu liefern und Anzeige gegen Wagner zu erstatten. Ich verwies darauf, dass wir damit noch keine Hinweise auf die Hintermänner haben. Wenn sie vom Schicksal des Mannes erfahren, dann ist er auch im Krankenhaus nicht sicher, warf ich ein. Ich schlug ihr vor, zu behaupten, dass wir die Unterlagen in seinem Schreibtisch, hier im Werk, gefunden haben, um nichts von unserer illegalen Haussuchung sagen zu müssen. Die Müller-Thümmler stimmte zu. Ich verabschiedete mich und ging hinüber zu Ramona alias Rosamunde, um ihr zu sagen, dass unsere Arbeit hier zu Ende sei. Ramona widersprach: »Wir wissen nicht, was die Ukrainer schon herausbekommen haben. Das dürfte für das Serumwerk nicht ganz unwichtig sein – Stichwort Schadensbegrenzung.« Wo sie Recht hat, hat sie Recht, dachte ich und beschloss, sofort ins Krankenhaus zu fahren, um den Schutz von Wagner zu übernehmen. Wenn die Ukrainer herausbekommen, dass dieser Mann noch lebt, werden sie den Mordanschlag wiederholen. Ramona rief ihren Studienfreund, Dr. Mittler, im Krankenhaus an, um mein Kommen anzukündigen. Dr. Mittler und ich überzeugten uns, dass der Kranke gesundheitlich stabil war. Man hatte ihn bereits auf die Innere verlegt. Hier lag er mit einem jungen Burschen zusammen. Dr. Mittler machte mich mit dem Team seiner Station vertraut. Um meiner Funktion als Personenschützer gerecht zu werden, vereinbarten wir, dass ich als »Patient« das dritte Bett im Zimmer belegen soll. Für meine Krankenhauskosten müsste ich natürlich selbst aufkommen. Ich sagte zu, nachdem mir das Serumwerk versprochen hatte, die Auslagen zu übernehmen. Mit Dr. Mittler erfanden wir schnell noch ein Magenleiden, weswegen ich zur Beobachtung stationär aufgenommen worden war.

»Sollen wir sofort den Magen auspumpen oder erst nach dem Mittagessen?« scherzte Dr. Mittler. Offensichtlich

hat ihm Ramona von meiner Vorliebe für gutes Essen erzählt. »Unterstehen Sie sich!«, erwiderte ich erschrocken. Am Nachmittag kam Ramona und brachte mir noch einiges an Wäsche sowie etwas Lektüre und berichtete, dass inzwischen auch die Kripo eingeschaltet wurde und sie von meiner Anwesenheit im Krankenhaus unterrichtet sei. Dann wird der erste Besuch bestimmt nicht auf sich warten lassen, sagte ich mir. Der Tag verging. Weder Herr Wagner noch Wolfgang, so hieß der junge Mann, bekamen Besuch. Ich schlief schlecht in dieser ersten Nacht im Krankenhaus. Ich rechnete mit einem nächtlichen Anschlag, aber niemand kümmerte sich um uns.
Am nächsten Morgen die üblichen Prozeduren. Während Wagner nur ein müdes »guten Morgen« herausbrachte, zeigte sich Wolfgang ziemlich gesprächig. Er war ein hübscher Bursche und mit der Jüngste auf der Station. Das brachte ihm erhebliche Sympathien bei den Schwestern ein. Die jungen erwiderten seine Flirts und die älteren entfalteten mütterliche Gefühle für den erst Siebzehnjährigen. Nach dem Abi wollte er Geologie studieren und dann am Nord- oder Südpol an Expeditionen teilnehmen. Ein Forscherleben am Schreibtisch war offensichtlich nicht seine Passion. Darüber war er mit seiner Freundin schon in Streit geraten, die seinen Worten nach, eher ein gutbürgerliches Leben mit Mann und Kindern vorzog. Auch sie wolle Geologie studieren. Ihr würde es aber genügen, in heimatlichen Gefilden zu arbeiten. Ich tröstete ihn mit dem Hinweis, dass diese Gegensätzlichkeit in den beruflichen Ansichten vielleicht gerade die Basis für eine gute Beziehung sein könne.
Statt der Visite durch den Chefarzt betrat ein großer kräftiger Mann im Arztkittel das Krankenzimmer. Er stellte sich als Doktor .... (den Namen verstand ich nicht, er sprach mit starkem russischen Akzent) vor und bat uns, das Zimmer zu verlassen. Er müsse Herrn Wagner unter-

suchen. Wagner warf mir einen Blick zu, der sagen sollte: Das war es! Mit dem Hinweis, mir etwas zu lesen mitzunehmen, gelang es mir, unbemerkt meine Pistole in die Bademanteltasche zu stecken, ehe ich das Zimmer verließ. Wolfgang strebte dem Fernsehraum zu. Ich versprach gleich zu kommen. Inzwischen waren zwei Minuten vergangen, seit dem wir das Zimmer verlassen hatten. Unauffällig lauschte ich, musste aber abbrechen, als zwei Schwestern vorbeikamen. Als die außer Sichtweite waren, betrat ich das Krankenzimmer. Wagner lag mit angezogenen Beinen neben dem Bett und der Arzt versuchte ihn gerade mit einer Art Gardinenschnur zu erdrosseln. Den Überraschungseffekt ausnützend, schlug ich dem Mann den Pistolenkolben auf den Kopf. Er ließ von seinem Opfer ab und ging unter meinem Bett in Deckung. Ich hörte das Klicken eines Klappmessers. Mit einer Platzwunde am Kopf, das Messer zwischen den Zähnen zog er sich an der Bettkante mühevoll hoch. Ich staunte über die Zähigkeit des Burschen. Dieser Mann gibt nicht auf!, dachte ich mir. Schnell hob ich meine Pistole und feuerte dicht neben seinem linken Ohr einen Schuss ab. Der Schuss blieb in der Außenwand stecken, aber die heiße Patronenhülse traf sein Gesicht, das genügte. Ohne Widerstand ließ er sich das Messer aus dem Mund nehmen und blieb mit vorgestreckten Armen bäuchlings liegen. Nach zwanzig Minuten war die Polizei da. Noch vor dem Mittagessen konnte ich das Krankenhaus wieder verlassen. Wagner wurde in ein Haftkrankenhaus verlegt. Er hatte ein umfangreiches Geständnis abgelegt. Nur Wolfgang zeigte sich enttäuscht, hatte er doch in mir einen aufmerksamen Zuhörer und Ratgeber verloren. Zum Abschied schenkte ich ihm noch meine Visitenkarte und forderte ihn auf, mich einmal zu besuchen. Er versprach es.

Sonntag, 23. Mai 1999

Ramona und ich schliefen richtig aus. Als ich auf die Uhr schaute, war es schon 09:00 Uhr vorbei. Andere werden denken, dass diese Zeit mit Ausschlafen nichts zu tun hat. Sind doch viele daran gewöhnt, sonntags erst gegen Mittag zu frühstücken. Aber ehe der Kaffee gekocht, die Frühstückseier im Glas fertig waren, war es auch schon fast 10:00 Uhr. Frühstückseier zuzubereiten ist mein Spezialgebiet. Erst Recht die Eier im Glas. Schon das Kochen erfordert entsprechendes Fingerspitzengefühl, um die Härte oder besser die Weiche der Eier genau zu dosieren. Ist das gelungen, geht es an das Würzen derselben. Ketschup, Thymian, etwas Worcestersoße, eine Prise Pfeffer usw. stehen dafür bereit. Ramona macht sich über meine Rituale jedes Mal lustig. Sie erinnerte mich an Hendrik Höfgen aus dem Film Mephisto, der seiner Frau bei Eiern im Glas Snobismus vorwarf. Aber soweit gingen Ramonas Kommentare nicht und unser sonntägliches Frühstück endete in Harmonie.

In die morgendliche Stille hinein meinte Ramona: »Es war selten, dass du einen Fall so schnell lösen konntest. Am Montag erst der Auftrag und am Samstag die Festnahme der Täter – und du hast einen Mord verhindert! Das soll dir die Polizei erst einmal nachmachen.« Ich nahm ihre Hand und küsste sie. Ich dankte ihr und sagte, dass ohne ihre Hilfe und die ihres Studienfreundes im Krankenhaus alles nicht so schnell gegangen wäre. Trotzdem nahm ich mir vor, nächste Woche im Serumwerk und/oder bei der Polizei nachzufragen. Denn viele Fragen waren noch offen, auch wenn sie meinen unmittelbaren Auftrag nicht betrafen.

Nachtrag
Wagner erhielt eine Freiheitsstrafe von fünf Jahren. Er war als Spieler hoch verschuldet. Der Spielklubbesitzer machte ihn mit ukrainischen Geheimdienstlern bekannt, die es auf die deutsche Pharmabranche abgesehen hatten. Nachdem die Spionagetätigkeit Wagners aufzufliegen drohte, beschlossen sie seine Liquidierung. Der auf ihn angesetzte Mordbube, ein ukrainischer Emigrant, der illegal in Deutschland lebte, verstarb unter mysteriösen Umständen in der Untersuchungshaft. Das Aufzuklären war jedoch nicht mein Job. Das Serumwerk überwies mir ein Honorar in erfreulicher Höhe.

2. Das Schlossgespenst

Freitag, 8. Oktober 1999

Auch als Privatdetektiv wird man nicht vom Schriftkram verschont. Ein Freitagnachmittag ist immer eine gute Zeit, das Vorsichergeschobene endlich anzupacken. Mein Pfeifchen qualmte. Sein Duft vermischte sich mit dem Aroma des frisch gebrühten Kaffees, den Ramona angesetzt hatte. Sie deckte den Tisch. Aus den Augenwinkeln heraus sah ich, wie sie gerade ein paar deliziöse Törtchen hinstellte. Ich schaute auf meine Uhr, bis zu ihrer Aufforderung: »Wir trinken jetzt Kaffee«, werden noch zehn Minuten vergehen. Gerade war ich dabei meinen Schreibtisch aufzuräumen, da klingelte das Telefon.
»Guten Tag Herr Kiel«. Ich bin der Kastellan von Burg Wolfstein. Wissen Sie, was ein Kastellan ist?« Ich bejahte und bat den Anrufer, zur Sache zu kommen.
»Also«, dann stotterte der Kastellan etwas im Selbstgespräch, ehe er wieder lauter wurde und fortfuhr: »Wir

haben ein Schlossgespenst, das uns die Übernachtungsgäste vergrault«.

Ich unterbrach den Anrufer mit dem Hinweis, dass ich mich für Gespenster nicht zuständig fühle und fragte nach dem konkreten Straftatbestand:

»Klaut das Gespenst, belästigt es ihre Gäste, liegt Sachbeschädigung vor?« Nach einer kurzen Denkpause des Anrufers, fielen die Worte: »Belästigung, Nötigung.«

Nach einigem Hin und Her erklärte ich mich bereit, zumal Gespenstersuche ja nicht gerade alltäglich ist. Vorsichtshalber nannte ich dem Mann noch meinen Tagessatz. Zu meiner Überraschung stimmte er sofort zu, das wiederum macht mich neugierig. War ich doch der Ansicht, dass gerade solch abgelegene Schlösser und ihre Besitzer nicht gerade im Geld schwimmen, insbesondere wenn sich diese Anlagen in öffentlicher Hand befinden. Aber das wollte ich herausbekommen und sagte für morgen mein Kommen zu. Beim Kaffeetrinken machte sich Ramona darüber lustig. Sie schlug mir vor mich vor Vampiren, besonders den jungen, weiblichen Geschlechts, in Acht zu nehmen. Das Beste wäre, wenn ich zum Abendbrot eine Knoblauchzehe essen würde. Für diesen Vorschlag bekam sie mit dem Kaffeelöffel zärtlich eins auf ihre Nase.

Samstag, 9. Oktober 1999

Es machte richtig Spaß, über relativ leere Landstraßen zu fahren. Mein Rover schnurrte dezent vor sich hin und ich war fast eine halbe Stunde vor unserer Verabredung da. Das Befahren des Burghofes ist zwar nur mit Sondergenehmigung gestattet, ich nahm mir jedoch die Freiheit und stellte meinen Wagen neben einem Kleintransporter ab. Nach alter Gewohnheit schaute ich auf das Nummernschild. WI steht für Wiesbaden. Nanu?, dachte ich,

was machen denn die Hessen hier? Ich schrieb mir die Nummer auf. Als ich zur Schlosstüre kam, war diese verschlossen. Da ich noch etwas Zeit hatte, schaute ich mich auf dem Burghof um. Ein abgedeckter Brunnen war das einzig Sehenswerte. Ein Schild daran verbot das Hineinwerfen von Gegenständen und nannte seine Tiefe. Eine Katze saß auf dem Brunnenrand und auf dem Schwengel hatte sich ein Rabe niedergelassen. Die Katze nahm von dem Vogel keine Notiz. Sie machte einen Buckel, fauchte mich an und der Rabe hüpfte auf dem Gestänge. Vielleicht war er ein verwunschener Prinz und sie eine Prinzessin, dachte ich, oder ich stehe vor Vertretern der Bremer Stadtmusikanten. Dann fiel mir ein, dass statt eines Rabes ein Hahn zum Bremer Klangkörper gehörte. Fünf Minuten vor 10:00 Uhr knatterte ein altes Simson-Moped, noch aus DDR-Produktion, auf den Hof. Der Fahrer stellte sich als Dr. Gadebusch vor und fragte, ob ich Herr Kiel sei, mit dem er telefoniert hätte. Ich bestätigte und übergab ihm meine Visitenkarte. Als er die Eingangstür aufschloss, stieß er einen erschrockenen Schrei aus. Auf der Treppe lag ein Mann mit dem Kopf nach unten und einem Pfeil in der Stirn. Seine Augen waren in Totenstarre weit aufgerissen. Dr. Gadebusch wollte zu ihm hingehen. Ich hielt ihn zurück und fragte, ob er den Mann kenne.
»Das ist Herr Silberstein von einem renommierten Antiquariat. Er arbeitet hier im Haus«, erklärte er mir. Meine Frage, ob das Gespenst schon vorher da war, bejahte er. »Dann rufen sie jetzt die Polizei«, befahl ich. Er zögerte und gab mir zu verstehen, dass er ja an dem Toten vorbei müsse, um in sein Dienstzimmer zu gelangen. Ich verstand und bestellte die Mordkommission mit meinem Handy. Bevor die Polizei eintraf, machte ich schnell noch ein paar Fotos aus gebührendem Abstand.
Hauptkommissar Erich Herker schaute mich mürrisch an und frage: »Wieso bist du schon hier? Wir sind doch

nicht im Krimi!« Ich antwortete wahrheitsgemäß, dass ich auf Gespenstersuche sei. Erich knurrte etwas von auf den Arm nehmen und das ich reif für die Insel sei. Ich erzählte ihm von dem etwas verworrenen Anruf Dr. Gadebuschs und dass ich mich heute über meinen Auftrag näher informieren wollte. Wir gingen nach draußen, um die Spurensicherer nicht zu stören. Dort sagte er zu mir: »Wir sind hier gleich fertig. Dann kannst du in Ruhe nach deinem Gespenst suchen. Bei uns geht alles die Tippl-Tappl-Tour.« Dann vereinbarten wir, dass wir uns gegenseitig informieren. Eins war ziemlich klar: zwischen dem Gespenst und dem Mord könnte ein Zusammenhang bestehen. Ich ging zu Dr. Gadebusch. Der schien mit seinen Nerven ziemlich fertig zu sein und sagte im Flüsterton zu mir, dass er seinen Auftrag an mich stornieren möchte, aber bereit sei, meine heutigen Auslagen zu bezahlen. Zum Abschied drückte er mir seine Visitenkarte in die Hand.

Am Nachmittag schrieb ich dann eine Rechnung. Ich verlangte nur eine pauschale Aufwandsentschädigung von 40 DM und verzichtete auf das Honorar. Damit schien der Fall Schloss Wolfsstein für mich erledigt.

Dienstag, 12. Oktober 1999

Heute früh rief mich der Hauptkommissaar an und fragte, wie weit ich mit meiner Gespenstersuche gekommen sei. »Gar nicht«, war meine Antwort und erzählte, dass Dr. Gadebusch seinen Auftrag zurückgezogen habe. Der Hauptkommissar lachte und sagte:
»Wusstest du, Uwe, dass Gadebusch und der ermordete Silberstein Halbbrüder waren. Wir vermuten, dass Silberstein wertvolles Schlossinventar über sein Antiquariat verscheuern sollte. Das Geld wäre vermutlich aber nicht

dem Schloss, sondern den beiden Brüdern zugefallen.«
Ich fragte, ob man Dr. Gadebusch schon verhaftet habe.
»Noch nicht«, war die kurze Antwort, dann legte er auf.
Obwohl abgeschlossen, holte ich die dünne Akte Schloss Wolfsstein noch einmal hervor. Neben den Fotos vom Tatort hatte ich nur einen Zettel mit ein paar Notizen vom Anruf abgeheftet und natürlich den Durchschlag meiner Rechnung, sonst nichts. Nachdem ich eine Weile auf die Fotos gestiert hatte, legte ich sie wieder weg.

Ramona kam mit einer Tasse Kaffee in der Hand herein. Nanu!, dachte ich. Das ist ungewöhnlich, dass sie ihre Kaffeepause nicht mit ihren zwei Mädchen aus dem Vorzimmer einnahm.

Mit der Aufforderung: »Hier, lies mal!«, legte sie mir die Zeitung auf den Tisch. Nachdem ich den Artikel gelesen hatte, schnitt ich ihn aus und heftete ihn ab. Eine Kopie klebte ich in mein Tagebuch.

Mord auf Schloss Wolfsstein
Am Sonnabend früh fand die Polizei die Leiche des 62-jährigen Friedemann S., einem Antiquitätenhändler aus Hessen mit einem Pfeil aus einer Armbrust im Kopf. So ungewöhnlich der Tod, so rätselhaft das Motiv. Verdachtsmomente gegen einen Mitarbeiter der Schlossverwaltung erhärteten sich nicht. Nur so viel steht fest, die Armbrust, von der der tödliche Pfeil abgeschossen wurde, stammt nicht aus dem Schloss, versicherte ein Polizeisprecher. Die wenigen Hotelgäste hatten ebenfalls nichts bemerkt, da sie meistens von der Straßenseite in den Hoteltrakt des Schlosses gelangten. Über die Herkunft der Waffe und den möglichen Täterkreis wollte die Polizei keine Aussage machen.

»Na, Sherlock Holmes, willst du nicht weitermachen?«, provozierte mich Ramona. Ich schüttelte verneinend den Kopf und machte mit Daumen und Zeigefinger die Geste des Geldzählens. Ohne Auftrag, kein Honorar. Hobbyrecherchen kann ich mir nicht leisten, zumal ich ja noch einiges zu tun habe: Ein Kollege hat mich um Mithilfe bei der Aufklärung einer Serie von Autodiebstählen gebeten (gegen Bezahlung natürlich) und dann habe ich noch eine Personenfeststellung zu bearbeiten. Eine etwas merkwürdige Angelegenheit. Eine Frau möchte alles über die Geliebte ihres Mannes erfahren: Anschrift, Alter, Familie und Beruf der Angebeteten. Eine Scheidung beabsichtigt sie jedoch nicht. Damit war, wie ich glaubte, der Fall Schloss Wolfsstein für mich erledigt, bis jener anonyme Brief bei mir einging.

Donnerstag, 14. Oktober 1999

Ich wollte gerade zu meinem Kollegen, der die Autodiebstähle bearbeitet, fahren. Da ich wieder einmal meine Autoschlüssel verlegt hatte (oder war es Ramona?), musste ich erst suchen. Nun klingelte auch noch das Telefon. Als ich abhob meldete sich eine Männerstimme: »Guten Morgen Herr Kiel! Waren sie schon in Ihrem Briefkasten? Das sollten Sie unverzüglich tun!«, und legte auf. Ich konnte nicht einmal nach seinem Namen fragen. Also ging ich zum Briefkasten. Neben dem Briefkastenschlüssel lag auch der Autoschlüssel. Ein Problem weniger, dachte ich. Der Brief trug nur die Aufschrift meines Namens sonst nicht: keine Marke, kein Poststempel. Der Umschlag enthielt neben der Fotografie eines alten Gemäldes einen Brief.

Sehr geehrter Herr Kiel,
das ist ein Bild von van Dyck. Das Mädchen mit der Lilie entstand zwischen 1628/29 und war bis vor zwei Jahren auf Schloss Wolfsstein zu Hause. Seit dem ist es ver-

schwunden. Ich würde mich freuen, wenn Sie es für mich finden würden. Auf dem Kunstmarkt ist es 1,5 Mio DM wert. Ich biete Ihnen 10 % als Honorar. Wenn Sie annehmen, legen Sie mir Ihre Antwort in den Lampenkasten am Aufgang zum Schlossturm – Gespenster haben keine Adresse.
Mit freundlichen Grüßen
Das Schlossgespenst

PS: Ich habe Herrn Silberstein nicht umgebracht, obwohl er am Verschwinden des Bildes nicht ganz unbeteiligt war.

Trotz dieses sensationellen Briefes musste ich erst einmal zu meinem Kollegen, dem ich meine Mithilfe beim Kampf gegen eine Autoschieberbande versprochen hatte. Heute stand ein Besuch bei einem polnischen Autohändler 40 km hinter der Grenze an. Die Arbeit ist nicht weiter aufregend. Wir vergleichen die Fahrgestell- und Motornummern der zum Verkauf anstehenden Wagen mit denen auf der Fahndungsliste. Bei etwa 100 PKWs ist es zu zweit besser, wenn einer ansagt und der andere vergleicht. Ich sagte an und er gab die Nummern in seinen Laptop ein. In 12 Fällen wurden wir fündig. Der Händler zog ein schiefes Gesicht, aber er hatte uns angeboten, bei ihm zu suchen. Eigentlich war er erleichtert, dass es nicht mehr Fahrzeuge waren. Unsere Liste übergaben wir der polnischen Polizei. Auf der Heimfahrt erzählte ich meinem Kollegen von meinem neuen Fall, dem ich inzwischen den Namen Schlossgespenst gegeben hatte.
»Und, nimmst du an?«, fragte er. Ich bejahte, zumal ich in diesem Fall auch einen guten Draht zur Polizei habe. Mein Kollege gab mir noch zwei gute Ratschläge: »Lass dir einen Vorschuss und eine Expertise des gestohlenen van Dyck geben.« Dann setzte er mich bei meinem Wagen ab. 22:30 Uhr war ich zu Hause.

Sonntag, 17. Oktober 1999

Ramona und ich machten einen gemeinsamen Ausflug zur Burg Wolfsstein. Wir reihten uns in die Schar der Ausflügler ein und besichtigten die Burg. Unser Mittagessen nahmen wir im Restaurant des Schlosshotels ein. Als wir um das Schloss herum gingen, fand ich auch die Treppe zum Schlossturm. Der Aufstieg war für Besucher gesperrt. Aber der Lampenkasten war vor der Absperrung und leicht über die untersten Treppenstufen zu erreichen. Sogar zu dieser Zeit hätte ich meine Antwort bequem, ohne von den Besuchern oder Hotelgästen gesehen zu werden, hinterlegen können. Nachdem wir uns die Örtlichkeiten genau angesehen hatten, waren wir uns einig, dass es völlig sinnlos wäre, sich auf die Lauer zu legen und zu warten, wann das Schlossgespenst, wer auch immer sich dahinter verbarg, kommt, um den toten Briefkasten zu leeren. Wir gingen noch einmal um die ganze Burganlage, dann hinterlegte ich meinen Brief, in dem ich meine Bereitschaft signalisierte.
Prompt fand ich auf meinem Konto in der folgenden Woche den Eingang der 2.000 DM, die ich als Vorschuss gefordert hatte. Als ich bei meiner Bank eine Nachforschung über den Zahlungseingang beantragte, kam heraus, dass es sich um eine Bareinzahlung von einer Frau Schmidt aus Löbau handelte. Da bei Einzahlungen selten nach Ausweisen gefragt wird, war klar, dass es meinem Auftraggeber gelungen war, anonym zu bleiben.

Montag, 25. Oktober 1999

Kurz nach dem Frühstück klingelte das Telefon: »Haben Sie das Geld erhalten?«, fragte mich die Männerstimme des Schlossgespenstes. Ich bestätigte. »Ich habe Ihnen die gewünschte Expertise geschickt. Sie wird die nächsten Tage bei ihnen eingehen. In vierzehn Tagen möchte ich gerne einen kleinen Zwischenbericht darüber, was Sie erreicht haben. Den Bericht hinterlegen Sie wieder im Lampenkasten. Ihre Fahrkosten rechnen Sie selbstverständlich als Spesen ab,« er legte wieder auf.

Dienstag, 26. Oktober 1999

Heute lag die Expertise vor. Dieses Mal mit einer abgestempelten Briefmarke. Der Poststempel stammte, wie die Einzahlung aus Löbau. Vorsichtig öffnete ich den Umschlag. Ich hatte extra OP-Handschuhe angezogen, weil ich den Brief erkennungsdienstlich untersuchen lassen wollte.

Sehr geehrter Herr Kiel,
ich weiß nicht, was Sie sich von der Expertise versprechen. Sie ist 66 Seiten stark. Ich erlaube mir, Ihnen eine kurze Zusammenfassung zu nennen.
Das Bild Mädchen mit der Lilie ist 60 cm x 40 cm groß und stammt, wie ich Ihnen bereits mitteilte, aus den Jahren 1628/29. Kurz bevor van Dyck nach England ging, verkaufte er das Bild. Dann blieb es über 300 Jahre in Familienbesitz. Der jüngste Spross der jüdischen Familie verkaufte es kurz vor Kriegsbeginn an einen holländischen Kunsthändler. Während der deutschen Besetzung Hollands erwarb die Familie v. Ruderstedt 1941 das Bild. Familienoberhaupt war General der Infanterie Horst v. Ruderstedt, der im Frühjahr 1945 standrechtlich erschossen wurde, weil er mit den Attentätern vom 20. Juli 44 in Verbindung gestanden hat. Die Familie musste nach dem Attentat unter Zurücklassung allen Inventars das Schloss räumen. Nach dem Krieg war die Burg Wolfs-

stein dann Lazarett, Altersheim und ab 1970 Schulungsheim eines Textilkombinates. Aus dieser Zeit stammt auch die Expertise, die von der Dresdner Gemäldegalerie erstellt wurde. Frau Dr. Lacher kommt dabei zu der salomonischen Feststellung, dass es sich hierbei auch um ein Werk des holländischen Fälschers van Meegeren handeln könne. Ein eindeutiger Nachweis war trotz röntgenologischer Untersuchungen nicht möglich. Aber die Tatsache, dass in den 1930-40er Jahren Werke von Vermeer und Dyck auftauchten, macht die Fachwelt heut zu Tage stutzig. Wählte doch der Fälsche vorwiegend Sujets dieser beiden jung verstorbenen Künstler des 17. Jahrhunderts, dessen Werksgeschichte heute noch zum Teil unerforscht ist. Trotz oder gerade deswegen wird es auf dem Kunstmarkt mit nur 1,5 Mio. DM gehandelt. Selbst ein echter van Meegeren dürfte auf Auktionen ähnliche Werte erzielen, was etwas bedenklich anmutet.
Ihr Schlossgespenst

Vorsichtig packte ich den Brief zusammen und brachte ihn zur Polizei. Wieder zu Hause nahm ich mir vor, Frau Dr. Lacher zu finden, falls sie noch lebte und bei der Gelegenheit wieder einmal Dresden und seine Gemäldegalerie zu besuchen.

Freitag, 29. Oktober 1999

Heute rief mich die Polizei an. Erich war persönlich am Apparat. Ergiebig war die Spurensuche nicht. Brief und Expertise waren Kopien ohne jegliche Hinterlassenschaft eines Abdruckes und auch die Briefmarke, eine selbstklebende, wies nur Spuren eines Gummihandschuhs auf. Ich griff noch einmal zu der A 5 großen Farbfotografie des Mädchens mit der Lilie und hielt das Bild in Augenhöhe.

Man hatte immer den Eindruck, dass einen das Mädchen ansah, egal aus welchem Winkel man das Bild betrachtete. »Wer bist du? Eine van Dyck oder eine van Meegeren?«, fragte ich sie halblaut. Sie verzog leicht ihre Mundwinkel und antwortete: »Find es doch heraus!«
»Mit wem redest du?«, fragte mich Ramona als sie ins Zimmer kam. Sie setzte sich auf meinen Schoß und wir betrachteten gemeinsam das Foto. »Wer mag sie gewesen sein?«, fragte sie leise und fuhr fort: »Die Kunsthistoriker sind doch immer sehr interessiert, wer sich hinter den Portraits der alten Meister verbirgt. Wer war die Gioconda von Leonardo da Vinci, wer Vermeers Mädchen mit der Perle und wer ist sie, das Mädchen mit der Lilie?«
Ich schob Ramona sacht von meinem Schoß und kam zu dem Schluss, dass wir gegenwärtig nur Fragen haben und keine einzige Antwort. Wir wissen nicht wer der Mörder des Antiquars Silberstein war, wer sich hinter dem Schlossgespenst verbirgt, wer das Bild gestohlen hat und wer es gemalt hat. Etwas ärgerlich stopfte ich meine Pfeife. »Wo bleibt deine Intuition Sherlock Holmes?«, fragte Ramona provokant. »Schon wieder eine Frage«, knurrte ich und sah zum Fenster hinaus.

Mittwoch, 10. November 1999

Ich kurvte mit meinem Rover durch Dresdens Norden. Die Abfahrt Wilder Mann hatte ich verlassen, ein Stadtplan lag neben mir auf dem Fahrersitz, so war ich es gewöhnt. Navigationsgeräte, wie wir sie heute kennen, gab es damals noch nicht. Aber ich bin trotzdem immer ans Ziel gekommen, was man von manchem dieser Geräte nicht immer sagen kann. Hier war es schon, ich klingelte bei Lacher. Eine junge Frau von Anfang dreißig öffnete. Ich sagte, dass ich zu Frau Dr. Lacher wolle. »Ja, das bin ich«, bekam ich zu Antwort. Ich stutzte, diese Frau war damals ein Schulkind. Sie konnte niemals die Verfasserin der Expertise sein. Ich präzisierte meinen Wunsch: Ich möchte zu Frau Doktor L i s e l o t t e Lacher. »Ach, dann sind Sie der Herr Kiel. Oma wartet schon auf Sie«. Mit diesen Worten führte sie mich in die Wohnung. Dann stand »die Oma« vor mir. Ihr weißes kurz geschnittenes Haar stand in einem interessanten Kontrast zu ihren braunen Augen, die jetzt interessiert auf mich gerichtet waren. Trotz ihres Stocks, stand sie sehr gerade. Obwohl man mir ihr Alter genannt hatte, glaubte ich, eine Frau Mitte siebzig vor mir zu haben und keine dreiundachtzigjährige. Sie forderte mich auf, Platz zu nehmen. Ich holte die Fotografie mit dem Mädchen und der Lilie hervor. Die alte Dame blickte lange auf das Bild, so, als müsse sie die Erinnerung an die Zeit, als sie das Bild begutachtete, zurückholen. Dann ging sie zu einem Schrank und holte eine dicke Mappe hervor, die mit Bändern verschlossen war. Die Mappe war übervoll und die Schleife war zum Knoten degradiert. Neben maschinen geschriebenen Seiten des Gutachtens kamen zahlreiche handschriftliche Notizen, Detailfotos und Briefe zum Vorschein. Einige Fotos, die sie auf dem Tisch ausbreitete, kannte ich aus der Expertise, andere waren neu für mich. Ehe sie von dem Bild sprach, erzählte sie mir, dass sie zu den maßgeblichen Kennern der Niederländischen Malerei des 17. Jahrhunderts gehörte und auch nach Holland und Belgien reisen durfte, was zu DDR-Zeiten keineswegs selbstverständlich war. Ihre Neuentdeckung eines Rembrandtbildes, das der Meister zerschnitten hatte und das Jahrhunderte unter einem anderen Titel bekannt war, hatte in den siebziger Jahren die internationale Fachwelt aufhorchen lassen. Nach diesem Ausflug in ihre berufliche Vergangenheit, kehrte sie zu meinem Problem zurück.

»Die Expertise entstand damals auf Anweisung des Kulturministeriums. Das Bild sollte auf Schloss Wolfs-

stein verbleiben. Das war damals absolut unüblich, dass man einem Ferien- oder Schulungsheim eines volkseigenen Kombinates ein solches Werk überließ. Der Generaldirektor muss gute Freunde in der Partei gehabt haben, anders kann ich es mir nicht erklären«, betonte Frau Dr. Lacher. Dann stellte ich ihr zwei Fragen:
»Frau Doktor Lacher, bleiben sie heute, dreißig Jahre danach, bei der Behauptung, dass die Herkunft des Bildes offen ist und wer käme Ihrer Meinung nach als Dieb in Frage?« Sie saß mir gegenüber, lächelte mit schräg gestelltem Kopf und meinte:
»Sie muten mir ziemlich viel zu, Herr Kiel. Was den Diebstahl betrifft, müsste ich spekulieren und das machen Wissenschaftler nicht gerne! Zu Ihrer ersten Frage kann ich nur sagen, dass die Untersuchungstechnik in den letzten dreißig Jahren nicht stehen geblieben ist. Wenn dass Bild wieder auftaucht, sollte es noch einmal genau überprüft werden. Was für die Fälschungsforschung gilt, gilt auch für die van-Dyck-Forschung. Auch hier gibt es zweifellos Entwicklungen. Speziell die englischen Kollegen haben da Bedeutendes geleistet. Van Dyck lebte und arbeitete neun Jahre in England, wo er sechzehnhunderteinundvierzig starb.« Zum Schluss machte sie noch eine aufschlussreiche Bemerkung: »Vielleicht wollte der Dieb keinen van Dyck, sondern einen van Meegeren stehlen. Nachdem der Mann seinen Schwindel gestanden hatte, wurden, soviel mir bekannt ist, die meisten seiner Werke vernichtet. Der Rest dürfte für den Kunstmarkt von Interesse sein.«
Eine ähnliche Vermutung hatte auch schon mein Schlossgespenst geäußert. So interessant der Ausflug in die Kunstgeschichte mit Frau Dr. Lacher war, Erkenntnisse für meine Ermittlungen hat das Gespräch nicht gebracht. Wie weiter?

Montag, 15. November 1999

Es berichtet Frau Dr. Leicht
Der November mit seinen nasskalten Tagen zeigte Wirkung: Im Wartezimmer nieste und hustete es. Es war kurz vor der Mittagspause und es war uns gelungen, die Patienten abzuarbeiten. Gerade wollte ich meine Tasche packen um zwei Hausbesuche zu machen, da erschien noch ein Herr. Frau Meißner, unsere Sprechstundenhilfe betrat mit viel sagender Miene mein Zimmer. »Mach es nicht so spannend, Angelika, was ist?«, fragte ich. Angelika flüsterte: »Ein Neuzugang, Privatpatient, sieht gut aus, Frau Doktor.« Ich schaute auf die neu angelegte Patiententasche und las: Thilo v. Ruderstedt. Nachdem ich mir seinen leichten grippalen Infekt angesehen hatte, musste ich Angelika Recht geben. Der Mann, Anfang fünfzig, in den so genannten besten Jahren war groß und schlank. Seinen Körper konnte man als muskulös bezeichnen, was sich beim Anfassen bestätigte. Nur mit freiem Oberkörper war ein leichter Bauchansatz sichtbar. Er hatte dunkles Haar und war an den Schläfen ergraut. Ich konnte mir gut vorstellen, dass Angelika heute Nacht von diesem Manne träumt. Während ich ihn abhörte, überlegte ich mir, wie ich ihn in der Werbung einsetzen würde. Als Monteur, der verkalkte Waschmaschinen repariert, wirkte er mir zu intellektuell. Als Werbeträger für Software oder Lebensversicherungen könnte ich ihn mir eher vorstellen. Ich fragte ihn, ob er mit den Besitzern von Burg Wolfsstein verwand sei. Er bestätigte, dass er gekommen sei, um sein Erbe anzutreten.
»Ist das nicht ein etwas schweres Erbe?«, fragte ich in Anspielung auf den Mord und den Diebstahl. Ereignisse, die auch in der Zeitung standen. Einzelheiten, die mir Uwe erzählt hatte, erwähnte ich nicht, brauchte ich auch nicht, denn der neue, grippekranke Schlossherr berich-

tete mir ausführlich von seinen Sorgen und Problemen. Zuerst von den Schwierigkeiten, die Burg wieder zu bekommen. Ich gewann zunehmend den Eindruck, dass er am Tod des Antiquars Silberstein durchaus interessiert war. Auch keimte in mir der Verdacht, dass er dem Schlossgespenst nahe stehen könnte. Nachdem wir so eine Weile geplaudert hatten, drängte ich zum Aufbruch. Mir standen noch zwei Hausbesuche bevor.

Abends erzählte ich Uwe von meinem Zusammentreffen mit Herrn v. Ruderstedt und auch von meinen Verdachtsmomenten. »Hast du seine Fingerabdrücke?«, fragte mich Uwe. Ich verneinte und ärgerte mich zugleich über meine Versäumnisse und auch über Uwe, der mein Engagement in Sachen Schlossgespenst überhaupt nicht würdigte. Uwe hatte meine Verstimmung bemerkt. Er nahm mich beim Kopf, küsste mich auf die Stirn und sagte: »Ich danke dir«. Dann ging er in sein Arbeitszimmer. Nach einer viertel Stunde kam er froh gelaunt zurück und meinte, dass wir auf der richtigen Spur seien. »Wusstest du, dass dein Thilo von Ruderstädt in Wiesbaden eine Galerie betreibt?«

»Erstens ist er nicht m e i n von Ruderstädt und zweitens – woher soll ich das wissen? Darüber haben wir nicht gesprochen«, erwiderte ich leicht gereizt. Nun war es an mir, Streicheleinheiten auszuteilen. Ich drückte ihn so an mich, dass er mit seinem Kopf meine Brüste spürte. Ich wusste, dass er das liebt. Uwe erzählte mir, dass er den Schlossverwalter Dr. Gadebusch angerufen hatte. Dr. Gadebusch wusste, dass der Schlosserbe Galerist sei, aber nicht, dass Thilo v. Ruderstedt derzeit in Sachsen weilt. Persönlich hatte er ihn bisher auch noch nicht kennen gelernt. Dank meiner Patientenkartei kannten wir seine Löbauer Adresse und Telefonnummer. Er hatte seine dortige Wohnung und nicht das Schloss genannt.

Samstag, 20. November 1999

Vorgestern rief mich das Schlossgespenst an und mahnte den Zwischenbericht an. Ich versprach ihm, heute zu liefern. Schon am frühen Morgen machte ich mich auf den Weg und war schon gegen 10:30 Uhr an der Burg, wo ich meinen Bericht im Lampenkasten hinterlegte. Ich berichtete nur von meinen Fehlschlägen und Recherchen in Dresden. Den Namen Thilo v. Ruderstedt erwähnte ich mit keiner Silbe. Nachdem ich das Material vereinbarungsgemäß verstaut hatte, machte ich mich sofort auf nach Löbau und observierte das Haus. Es war eine frisch renovierte Villa im Jugendstil, welche von drei Familien bewohnt wurde. Beim Namensschild am Klingelknopf hatte Ruderstedt diskret auf das »v.« vor dem Namen verzichtet. Im Telefonbuch fand ich auch keinen Eintrag unter seinen Namen, was mich nicht sonderlich verwunderte. Ich rief an. Als er abhob, glaubte ich die Stimme des Schlossgespenstes zu vernehmen. Ich nahm meine Hand vor den Mund, um meinerseits die Stimme zu verstellen und meldete mich mit: »Geflügelfarm Hennewald.« Mit dem Hinweis, dass ich falsch verbunden sei, legte er auf. Nun wusste ich, dass er zu Hause war. Wenn mein Verdacht zutraf, muss er ja meinen Bericht aus der Lampe abholen. Ich machte es mir im Auto bequem. Hörte Radio, aß die von Ramona liebevoll zubereiteten Brötchen und trank Selters. Kurz nach 14:00 Uhr trat ein Mann aus dem Haus, auf den Ramonas Beschreibung passte. Mit meinem Teleobjektiv gelang mir sogar ein gutes Foto. Er bestieg einen unscheinbaren Opel Astra und wir fuhren, wie ich richtig vermutete, zur Burg. Nun musste ich ihn nur noch erwischen, wie er den toten Briefkasten leerte. Vorsorglich hatte ich ihn kurz vor dem Ziel überholt, um vor ihm auf der Burg zu sein. Er hatte sich geschickt die frühen Nachmittagsstunden ausgesucht. Im

Besucherstrom kam er unauffällig daher geschwommen. Ich hatte mich in die Burg begeben. In einem unbeobachteten Augenblick stieg ich über die Absperrung und gelangte ins obere Stockwerk, von dort hatte ich einen guten Überblick Richtung Turm und konnte auch die Laterne gut einsehen. Ich wartete. Langsam wurde ich unruhig. Er hätte schon mehrere Gelegenheiten gehabt, meinen Brief unbemerkt zu entnehmen. Wo blieb er bloß. Plötzlich höre ich Schritte auf der Treppe. Ich versteckte mich. Ich hatte Glück, es war nur Dr. Gadebusch. Er begrüßte mich erstaunt. »Ich warte auf das Schlossgespenst«, sagte ich und fragte ihn, wer davon wusste, dass er hier sei. Dr. Gadebusch schaute mich erstaunt an. Dann erzählte er, dass er sich übers Wochenende frei genommen habe und verreisen wollte. Nun sei seine Frau krank geworden und so habe er sich vorgenommen, noch etwas zu arbeiten. Die Frage, wo sein Moped stünde, verneinte er. Ein Bekannter habe ihn mit dem Auto hergebracht und wolle ihn gegen 17:00 Uhr wieder abholen.
»Also weiß niemand, dass Sie hier sind!«, schlussfolgerte ich. Dr. Gadebusch nickte zustimmend. Während wir noch so redeten, machte sich gegenüber am Turmaufgang ein Mann an der Lampe zu schaffen. Sofort riss ich meinen Fotoapparat hoch und fotografierte. Beim Blick durch den Sucher erkannte ich deutlich Herrn v. Ruderstedt. Ich fragte Dr. Gadebusch, ob er diesen Mann schon jemals gesehen habe. Dr. Gadebusch verneinte und war regelrecht erschrocken, als ich ihm meine Vermutung mitteilte, dass ich hinter Herrn v. Ruderstedt das Schlossgespenst vermute. Als v. Ruderstedt alias das Schlossgespenst gegangen war, nahm ich mit etwas Klebeband seine Fingerabdrücke am toten Briefkasten ab. Am Montag werde ich die Kripo informieren. Als ich zu meinem Wagen ging, sah ich den Ruderstedtschen Astra noch auf dem Parkplatz stehen. Er selbst schien wie vom Erdboden verschluckt.

Mittwoch, 24. November 1999

Mein Telefon klingelte. Am Apparat meldete sich Hauptkommissar Herker und fragte, ob ich als Zeuge bei einer Haussuchung teilnehmen wolle. Meine Frage bei wem, beantwortete er nicht. Ich solle mich überraschen lassen und in einer viertel Stunde würde ich abgeholt, bekam ich zur Antwort.

Im Auto dankte mir Herker mit Handschlag für die Fingerabdrücke und meine Vermutung bezüglich des Schlossgespenstes. Nun wusste ich, bei wem die Haussuchung stattfinden wird. Thilo v. Ruderstedt empfing uns höflich. Ich wurde als Herr Kiel, der Zeuge, vorgestellt. Ruderstedt hatte sich im Griff. Er ließ sich nichts anmerken, dass er mich kennen würde und er mein Auftraggeber war. Während Herker und seine Männer routiniert Schränke und Schreibtisch durchsuchten, warf ich einen Blick zur Decke. Im Schlafzimmer und in der Küche war sie niedriger. Ich erbat mir eine Leiter und klopfte sie ab. Wie zu erwarten, klang es hohl. Und dann hatte ich auch schon im Schlafzimmer eine lose Platte in der Zimmerdecke entdeckt und diese zur Seite geschoben. Ich zog ein flaches längliches Paket hervor. Von der Korridortür drang Tumult zu mir herein. Ruderstedt hatte den Mann am Eingang zur Seite gestoßen und war entkommen. Trotz der Flucht packten wir das Paket aus. Das Mädchen mit der Lilie schaute mich an. Damit war der Diebstahl aufgeklärt. In der Waschmaschine wurde dann auch das etwas eingeschmutzte Gespenstergewand gefunden.

Ruderstedt hatte man vor der Haustür gestellt. Der Hauptkommissar befahl, ihn auf das Revier zu bringen. Endlich Ruhe! Herker holte sein Zigarrenetui hervor und ich stopfte mir eine Pfeife. Wortlos pafften wir uns an und schauten auf das Bild. Das Mädchen, so schien es, warf uns einen strafenden Blick zu. Mit dem Hinweis, dass damit der Fall gelöst sei, wollte sich der Hauptkommissar von mir verabschieden. Doch ich fragte ihn, wer den Antiquar ermordet hat. »Das Schlossgespenst hat mir schriftlich versichert, n i c h t der Mörder zu sein. Intuitiv bin ich geneigt, ihm zu glauben«, entgegnete ich ihm. Der Hauptkommissar schob mich aus dem Zimmer, ehe er antwortete: »So, du Sherlock Holmes deine Intuition, zu deutsch Mutmaßung, sagt dir, dass dieses freiherrliche Gespenst kein Mörder sei?«, erwiderte er. Ich bekräftigte meine Annahme mit dem Hinweis, dass er kein Motiv habe.

»Vielleicht liegt eine kleine Erpressung seitens dieses Antiquars Silbersteins vor? Was wissen wir, was da in Wiesbaden in der Vergangenheit zwischen den beiden gelaufen war, wenn ich an die rätselhafte Herkunft des Bildes denke«, meinte der Hauptkommissar. Ich erzählte ihm von meinem Besuch in Dresden. Frau Dr. Lacher bestätigte die Angaben des Schlossgespenstes in seinem Brief an mich. Der Hauptkommissar kam nicht umhin, dass Bild nochmals untersuchen zu lassen. Vielleicht liegt im Bild des Rätsels Lösung. Ich beschloss noch mal zur Burg zu fahren, um mich mit Herrn Gadebusch zu unterhalten.

Obwohl schon am späten Nachmittag, traf ich Dr. Gadebusch noch an. Provokant stellte ich ihm die Frage, wie lange er noch glaube frei herumlaufen zu dürfen und nicht wegen Mordverdachts an seinem Halbbruder in U-Haft zu landen. Er sah mich erschrocken an: »Woher wissen Sie das?«, fragte er erstaunt. Mit dem Hinweis, dass ich auch meine kleinen Geheimnisse habe, lenkte ich von dem Thema ab und fragte ihn, ob er Herrn v. Ruderstedt schon einmal persönlich begegnet war. Mit dem Hinweis auf unsere gemeinsame Beobachtung beim Bestücken des toten Briefkastens verneinte er meine Frage. Ich sagte ihm auf den Kopf zu, dass er mir etwas verheimliche und drehte mich zum Gehen um. »Bleiben Sie!«, rief der und hielt eine Pistole in der Hand. Zufällig stand ich vor einer Nische. Ich sprang hinein und hatte Zeit, meine Pistole hervorzuholen und zu entsichern. Seine Aufforderung heraus zu kommen beantwortete ich mit einem Schuss in Richtung auf seinen Fuß. Der Schrei, den ich hörte, verriet mir, dass ich getroffen hatte. Ich ging in die Hocke und schaute vorsichtig hervor. Plötzlich schlug dort, wo vor Sekunden noch mein Kopf war ein Schuss ein. Gadebusch war offensichtlich nicht gewillt, trotz seiner Verletzung aufzugeben. Nun gab es für mich kein zögern mehr. Mit zwei gezielten Schüssen brach ich seinen Widerstand. Meine Schüsse waren nicht tödlich, wie der Notarzt feststellen konnte, den ich sofort, noch vor der Kripo, angerufen hatte. Der Verletzte war längst weg, ehe Hauptkommissar Herker eintraf. Ich hatte Zeit, noch einmal alles zu überdenken. Plötzlich war ich überzeugt, dass Dr. Gadebusch seinen Halbbruder erschossen hatte. Aber wo war die Armbrust? Eine Armbrust ist zwar nicht klein, aber eine Burg ist auch keine Zwei-Zimmer-Wohnung! Die Suche nach der sprichwörtlichen Stecknadel im Heuhaufen stand mir oder der Polizei noch bevor. Ich machte mich auf den Weg ins Arbeitszimmer von Dr. Gadebusch, da hörte ich, wie mehrere Wagen vorfuhren. Schade, die Kripo hätte sich ruhig noch etwas Zeit lassen können, dachte ich und schaute zum Fenster hinaus. Die Herren und eine Dame, die den Wagen entstiegen, kannte ich nicht. Sie stellten sich vor als Vertreter der Denkmalschutzbehörde und verwiesen auf einen Termin mit Herrn Dr. Gadebusch. Dann erzählte ich den Behördenleuten, dass ich soeben einen Termin mit demselben Herrn hatte, dieser plötzlich unpässlich wurde und ich den Notarzt gerufen habe. Dass Gadebuschs Unpässlichkeit von zwei

Kugeln herrührte, die ich ihm verpassen musste, verschwieg ich den Denkmalschützern natürlich. Offensichtlich erleichtert, auf diese Weise zu einem freien Nachmittag gekommen zu sein, verabschiedeten sie sich.
Nun konnte ich mich endlich in seinem Arbeitszimmer umsehen. Ich stand vor einem großen Bücherschrank aus massivem Eichenholz. Ich öffnete die beiden Glastüren, nachdem ich den Schlüssel im Schreibtisch gefunden hatte. Die Bücher stellten, soweit ich das auf den ersten Blick sehen konnte, keine bibliophilen Kostbarkeiten dar. Warum hat er dann den Schlüssel abgezogen? Zu meiner Ausrüstung gehört ein Stahlbandmaß. Mehr aus Gewohnheit und weniger aus Misstrauen maß ich die Tiefe des Schrankes. Tatsächlich: die Außenwand war 30 cm länger, als das Innenmaß des Schrankes. Als die Kripo eintraf, ließ sich Kommissar Herker zuerst unsere beiden Pistolen für den ballistischen Abgleich geben. Da ich ihm am Telefon schon das Wichtigste gesagt hatte, bestellte er mich für morgen auf das Revier. Ich erzählte ihm von meinem Verdacht und von meiner Vermutung, wo die Armbrust versteckt sein könnte. Zu dritt räumten wir den Bücherschrank aus. Nun mussten wir nur noch den Verschluss zu dem Geheimfach finden. Offensichtlich war es gut gefüllt, denn beim Abklopfen der Rückwand war das charakteristische Geräusch eines Holraumes nicht zu vernehmen. »Am besten, ihr lasst mich einmal zehn Minuten alleine«, schlug ich den Kriminalisten vor. Mit den Worten: »Zehn Minuten, Sherlock Holmes, mehr nicht!«, verließen sie mich.
Ich suchte und drückte an den Verzierungen und an der Rückwand – nichts bewegte sich. Dann nahm ich die Einlegebretter heraus. Wie bei modernen Schränken waren sie nur aufgelegt und nicht verleimt. Das ist bei solchen alten Schränken verwunderlich. Ich hatte nur noch zwei Minuten. Um überhaupt noch etwas zu tun, betrat ich den

Schrank. Er schien mir für mein Gewicht stabil genug. Plötzlich gab der Boden des Schrankes nach und die Rückwand klappte zur Seite. Zwischen Decken gut gepolstert kam die Armbrust zum Vorschein. Das Geheimfach wurde als Waffen- und Munitionsschrank genutzt. Neben mehreren Stahlpfeilen lag noch jede Menge Pistolenmunition herum und in einer Ecke stand eine Kalaschnikow mit drei gefüllten Magazinen. Für die Pistole gab es auch noch einen Schalldämpfer. Rätselhaft blieb nur, wie er bei gefülltem Bücherschrank schnell an das Geheimfach herankam. Auch das Rätsel löste sich. Wir fanden einen zweiten Mechanismus, der es gestattete, dass Regalteil zur Seite zu schwenken und damit einen leichten Zugang ermöglichte. Dazu musste man den Schrank nicht erst ausräumen. Wenn man die Kontaktpunkte kannte, war es relativ einfach, beide Mechanismen auszulösen. In einer als Füllmaterial benutzten Decke fanden wir noch eine Mappe. Diese enthielt diverse Rechnungen und einen Briefwechsel mit einem Kunstmaler. Ich hätte ihn mir gerne angesehen, aber hier musste ich der Polizei den Vortritt lassen. Bestimmt erfahre ich morgen auf dem Revier mehr. Erst spät in der späten Nacht kam ich nach Hause.

Donnerstag, 25. November 1999

Auf dem Revier gab ich noch einmal die Ereignisse vom Vortag zu Protokoll. Meine Waffe bekam ich noch nicht zurück. Die Ballistiker brauchen eben ihre Zeit.

Mittwoch, 15. Dezember 1999

Heute endlich konnte ich meine Waffe wieder abholen. Beruhigend war, dass sich Polizei und Staatsanwaltschaft meiner Notwehrversion anschlossen und von einer

Strafverfolgung Abstand nehmen wollten.

Inzwischen war Dr. Gadebusch soweit genesen, dass er vernommen worden war und ein umfassendes Geständnis abgelegt hatte. Mein Verdacht, dass er seinen Halbbruder erschossen hatte, hatte sich bestätigt. Mich auf die Burg zu bestellen, um den Toten zu finden war nur als Ablenkungsmanöver gedacht. Erleichtert wurde die Verschleierung dadurch, dass der neue Schlossherr als Schlossgespenst auftrat, in der Hoffnung, dem kriminellen Brüderpaar auf die Schliche zu kommen.

Als Silbersteins Antiquitätengeschäft nicht mehr so gut lief, war Dr. Gadebusch auf die Idee gekommen, mit gefälschten Fälschungen seinem Halbbruder unter die Arme zu greifen. Das Geschäft geriet ins Stocken, als der Bilderfälscher plötzlich starb. Dann kam die politische Wende und damit die Rettung. Dr. Gadebusch war von der Treuhand bestellt worden, die Burg Wolfstein kunsthistorisch zu betreuen. Dabei entdeckte er das Bild vom Mädchen mit der Lilie und als Kenner der Meegerschen Fälschungen war sich Gadebusch ziemlich sicher, keinen van Dyck vor sich zu haben. Doch ehe er das Bild seinem Halbbruder zukommen lassen konnte, tauchte Thilo von Ruderstedt als neuer Besitzer auf und erfuhr von den Machenschaften der beiden Brüder, alles an Kunst noch schnell zu Geld zu machen. Als das Bild plötzlich weg war, gerieten die Brüder in Streit und Silberstein forderte 100.000 DM von seinem Bruder, sonst wolle er ihn und sich anzeigen. Silberstein war mit seinem Antiquariat am Ende; entweder das Geld oder mit einer Selbstanzeige einen Schlussstrich ziehen. Er hoffte, dass sein Halbbruder zahlen würde, weil er glaubte er hätte das Bild. Dr. Gadebusch von seinem Bruder unschuldig verdächtigt und obendrein erpresst, griff zur Waffe und erschoss ihn mit der Armbrust, um auch den wahren Dieb abzuschrecken. Dr. Gadebusch wusste zwar nicht wer sich hinter dem Gespenst verbarg, aber ihm war klar, dass das Gespenst von dem Mord erfährt und vielleicht seine Arbeit einstellt. Er konnte nicht ahnen, dass der Geist nun mich mit dem Fall beauftragen würde und ich, Dank Ramonas Hilfe, die Identität des Gespenstes herausbekam.

Man verzichtete auf eine Bestrafung des Thilo von Ruderstedt. Als Besitzer von Burg Wolfstein kann er sich ja nicht selbst bestehlen. Da ich das Bild auftragsgemäß bei ihm gefunden hatte, musste er mir das versprochene Honorar zahlen. Dr. Gadebusch erhielt lebenslänglich.
Eine erneute Untersuchung des Bildes ergab, dass es sich um einen van Meegeren handelte und der General es während der Besetzung Hollands erworben hatte. Es hängt nun wieder an seinem alten Platz. Das Farbfoto dieses Bildes hat an der Wand meines Arbeitszimmers einen Ehrenplatz eingenommen. Manchmal glaube ich, dass Das Mädchen mit der Lilie etwas stolz auf mich ist, weil ich ihre wahre Herkunft herausgefunden hatte.

3. Das Hundehalsband

Freitag, 11. Februar 2000

Es war schon dunkel, als ich in die Hauptstraße einbog, bot sich mir ein bizarres Bild: Eine Frau in Schuhen mit hohem Absätzen rannte mitten auf der Straße, verfolgt von einem großen Hund mit dunklem Fell. Sonst war niemand zu sehen. Ich gab Gas und fuhr den Hund von hinten an. In dem Augenblick stürzte die Frau und ich konnte nur durch ein riskantes Manöver (wie das aussah, behalte ich lieber für mich) verhindern, die Frau auch noch zu überfahren. Der Frau war zum Glück nichts weiter pas-

siert. Ich forderte sie auf, in meinem Wagen Platz zu nehmen. Ihr auffallend geschminkter Mund, ein Pelzjäckchen – für die Jahreszeit etwas unpassend und die kurzen knapp sitzenden Hosen, die ihre zweifellos schönen Beine in den schwarzen Strümpfen (oder waren es Strumpfhosen) zur Geltung brachten, verrieten mir, wen ich vor mir hatte. Der Hund war schwer verletzt. Ihn lud ich in meinen Kofferraum, er schien noch zu leben. Er hatte zwei Halsbänder: ein Kettenhalsband aber ohne Marke und ein schönes fast luxuriös zu nennendes Lederhalsband, was meine Aufmerksamkeit erregte.
»Er hat das Vieh auf mich gehetzt«, sagte sie mit slawischem Akzent. »Wer?«, fragte ich und sah mich um – niemand war zu sehen. Eine Antwort erhielt ich nicht, denn das Mädchen begann plötzlich zu zittern. Ich rief Ramona an. Ich brauchte sie als Arzt. Bei uns angekommen sagte ich zu dem Mädchen, dass ich sie jetzt zu einer Ärztin bringe. Ihre anfängliche Ablehnung wandelte sich in Vertrauen, als Ramona sie ansprach und bat mitzukommen. Als ich Ramona den Hund zeigte, meinte sie, dass man ihn nur noch einschläfern könne. Auf meine Frage, ob sie das machen würde entgegnete sie: Ja, ich gebe ihm eine Spritze mit Wundbenzin. Aber den Kadaver musst du wegbringen. Ich kümmere mich um das Mädchen. Ich fuhr in ein altes Fabrikgelände und legte den Hund, der inzwischen verstorben war dort ab. Sein ledernes Halsband nahm ich an mich.

Die folgenden Tagebuchaufzeichnungen stammen von Frau Dr. Leicht.

Ich nahm das Mädchen in die Praxis und untersuchte sie. Die Verletzungen, die sie sich beim Sturz zuzog, waren unbedeutend. Auch ihr Allgemeinzustand war nicht Besorgnis erregend. Im Aufenthaltsraum meiner Praxis tranken wir Kaffee. Ich hatte ein paar belegte Brötchen geschmiert und merkte, sie hatte Hunger. Dann erzählte sie mir ihre Geschichte, die sich von denen anderer Mädchen aus Osteuropa wohl kaum unterschied: aufgewachsen in Litauen, mit Versprechungen nach Deutschland gelockt, Bordell, Straßenstrich, ihren Pass hatte der Zuhälter einbehalten. Sie ist neunzehn, heißt Jadwiga Luz und kommt aus Kaunas. Sie arbeitet in einem Klub hier in der Stadt und sollte weiter an ein Bordell in Leipzig verkauft werden. Da dort, so hatte sie es von ihrer Freundin gehört, vorwiegend Mädchen aus Albanien arbeiten und diese als aggressiv gegenüber Mädchen aus anderen Ländern bekannt sind, sei sie ausgerissen. Doch dann habe sie der Hund aufgespürt, den der Klubbesitzer von der Leine gelassen hatte. (Der Klub und die Stelle, wo Uwe sie gerettet hatte, liegen weit auseinander.) Als Uwe nach Hause kam, fragte er besorgt, ob ich sie eingeschlossen hätte. Ich lachte und sagte: »Das Mädchen reißt nicht aus. Ich habe ihr eine Beruhigungsspritze gegeben. Wir können ruhig schlafen gehen.« Auch ich wollte gerade zu Bett gehen, da rief mich Uwe in sein Arbeitszimmer: »Guck mal, was ich gefunden habe!« In der Hand hielt er einen Brillanten, zwei weitere Steinchen lagen auf dem Schreibtisch, daneben das aufgeschnittene Lederhalsband des Hundes.

Samstag, 12. Februar 2000

Frau Dr. Leicht berichtet weiter:
Wir konnten ausschlafen. Da heute keine Sprechzeit ist, wird auch niemand Jadwiga bei uns finden. Das Mädchen blieb am Wochenende bei uns. Natürlich konnte sie die Wohnung nicht verlassen, weil die Bordelliers bestimmt einen Suchtrupp ausschicken werden. Ihr Quantum

frische Luft kann sie auf dem Balkon oder am offenen Fenster genießen. Ich schlug Uwe vor, am Montag das Frauenhaus anzurufen und Jadwiga vorerst dort unterzubringen. Vielleicht gelingt es Frau Dr. Krause, der Leiterin des Frauenhauses, Jadwiga zu überzeugen, zur Polizei zu gehen. Am Nachmittag taute das Mädchen auf. Sie wolle sich bei uns bedanken und stände für einen flotten Dreier zur Verfügung. Sie würde es auch mit Uwe allein machen, wenn ich nichts dagegen hätte, meinte sie treuherzig. Doch es wurde weder etwas aus dem flotten Dreier und auch ein Schäferstündchen mit Uwe musste sie absagen, stattdessen bat sie mich um entsprechende Hygieneartikel. Vom Fund im Hundehalsband erzählten wir ihr nichts. Uwe fragte sie vorsichtig nach sonstigen Geschäften ihres Chefs aus, aber davon wusste sie nichts.

Mittwoch, 16. Februar 2000

Erst gestern war es gelungen, Jadwiga im Frauenhaus unterzubringen. Damit war, so hoffe ich, dieser Teil der Angelegenheit erledigt. Schwieriger war es, die Herkunft der Brillanten zu klären. Vielleicht kann ich einen Finderlohn einstreichen für die von niemandem beauftragte Sucharbeit. Ehe ich zur Polizei ging, was wahrscheinlich unumgänglich wird, entschloss ich mich in Dresden einen mir bekannten Juwelier auf zu suchen. Der Mann war bereits im Ruhestand und hatte sein Geschäft verkauft. Nebenbei reparierte er noch Ringe und Ketten für die Leute aus der Nachbarschaft, weniger des Geldes wegen, eher um etwas zu tun zu haben. Garten hatte er keinen, Frau und Briefmarkensammlung lasteten ihn nicht aus. Froh, wieder einmal Besuch zu haben, luden mich die beiden zum Kaffeetrinken ein. Wir hatten uns über ein Jahr nicht gesehen und die alten Leutchen hoff-

ten auf ein paar spannende Episoden aus meinem Detektivleben. Außenstehende haben durch die Fernsehkrimis völlig falsche Vorstellungen von unserer Arbeit. Um die beiden Alten nicht zu enttäuschen, erzählte ich von meinem Unfall mit dem Hund (ich behauptete ihn aus Versehen überfahren zu haben, über die Litauerin verlor ich kein Wort) und zeigte ihnen dann den Fund, den ich im Halsband des Tieres gemacht hatte. Herr Lehmann holte seine Lupe, klemmte sie gekonnt ins rechte Auge und betrachtete seelenruhig die drei Steine. Dann legte er die Steine behutsam zur Seite, nahm die Lupe aus dem Auge und meinte:
»Das war ein teurer Hund, Herr Kiel! Ich schätze die drei Steinchen zusammen auf etwa sechzigtausend Mark.«
Mit der makabren Bemerkung: »Passen Sie auf, dass es Ihnen mit den Steinchen nicht so ergeht, wie dem Hund«, gab er sie mir lachend zurück. Mir war dabei weniger zum Lachen zu mute.

Es war Abend. Ich schalte unser regionales Fernsehprogramm ein, nur um mich von meinen trüben Gedanken abzulenken. Neben diversen Bränden und Verkehrsunfällen wurde auch von einer Schießerei berichtet, bei der ein Russe getötet wurde. Dann zeigte man das Phantombild des Toten und blendete die Telefonnummer des Polizeireviers ein, das sich dankbar für alle sachdienstlichen Hinweise zeigen wird. Eine viertel Stunde später ruft mich Frau Dr. Krause aus dem Frauenhaus an und sagt, das Jadwiga in dem Phantombild ihren Klubbesitzer wieder erkannt hat, dem sie entkommen war.
Das Mädchen weigerte sich bisher beharrlich, zur Polizei zu gehen. Frau Dr. Krause bittet uns daher, Jadwiga dorthin zu begleiten.

Donnerstag, 17. Februar 2000

Um die hübsche Litauerin (eigentlich war es schade, dass sie am Samstag nicht konnte) vor behördlicher Willkür zu schützen, meldete ich mich bei meinem Anwalt an. Außerdem war mir noch nicht klar, wie mit dem Schmuck umzugehen sei, den ich immer noch mit mir herumtrug. Arne, ein richtiger Freund, war auch zu so unüblicher Zeit, um 8:30 Uhr für mich zu sprechen. (Anwälte pflegen um diese Tageszeit selten ihre Klienten zu empfangen.) Für Jadwiga schlug er vor, sie in das Zeugenschutzprogramm aufzunehmen und sie so vor der befürchteten Abschiebung zu retten. Was die Steinchen betraf, hatte er eine geniale Idee: Ich solle ihm in einem anonymen Päckchen die Steine zuschicken. Er wird sie dann der Polizei übergeben. Sein Schweigerecht gestatte es ihm, nähere Auskunft über die Edelsteine zu verweigern.

Lieber Herr Bollhaus,
als ich kürzlich einen Hund tod gefahren habe, fand ich die Buckerchen unter seinem Halsband. Bitte geben sie diese der Polizei. Da ich ja Farerflucht begangen habe, möchte ich anonym bleiben.
Mit freundlichen Grüßen
Ein Klient

Diesen Brief schrieb ich noch schnell auf seinem PC. Die etwas primitive Ganovensprache und die fehlerhafte Rechtschreibung (tod, sie – klein, Fahrerflucht – ohne h) wählte ich absichtlich. Arne nahm einen Briefumschlag und steckte die Steine zusammen mit meinem Brief hinein. Vorher hat er den Brief vorsorglich abgewischt, damit man nur seine Fingerabdrücke darauf findet. Nachdem auch das getan war, fuhren wir zusammen ins Frauenhaus und holten Jadwiga ab. Bevor wir das Revier betraten schlug uns der Anwalt vor, dass er es für klüger hielte, wenn ich mich erst einmal heraushalte. Ob mein Name überhaupt Erwähnung finden müsse, werde die Vernehmung zeigen.

Am Nachmittag saßen wir in einem Eiskaffee. Arne hatte Jadwiga versprochen, sie zum Eis einzuladen, wenn sie sich strickt an seine Anweisungen halten würde. Sie war eben mit ihren 19 Jahren noch erfreulich naiv, trotz ihres aufgezwungen Berufs. Ramona hatte ihr noch ein paar Sachen mitgegeben (die beiden Frauen hatten trotz des Altersunterschiedes ähnliche Figuren). Nun sah Jadwiga wie eine ganz normale junge Frau aus und ich muss gestehe, so gefiel sie mir viel besser. Das Kaffee war mehrheitlich um diese Zeit von älteren Damen besucht. Zwei seriöse Herren, wie Arne und ich, zusammen mit einer jungen hübschen Frau waren nicht typisch zu dieser Tageszeit. Arne lobte Jadwiga, das sie tapfer und diszipliniert aufgetreten sei und ihm seine Taktik nicht kaputt gemacht habe. Die Kleine hatte in einer knappen Woche dazugelernt, dachte ich erleichtert. Während der Anwalt sich mit einem Eiskaffee begnügte standen vor Jadwiga und mir bald zwei monströse Eisbecher. Jadwigas Becher schmückte eine kleine schwedische Fahne, von einem gelben Fluss aus Eierlikör umspült und die Sahnehäubchen wirkten wie Berggipfel im ewigen Eis. Bei meinem Schwarzwälder Eisbecher glänzte alles in Rot vom Kirschlikör. Warum auf dem Sahnegipfel eine kanadische Flagge steckte, war nicht herauszubekommen.

Samstag, 19. Februar 2000

Als ich am Nachmittag zurückkam, sagte mir Ramona, dass sie noch zu einem Hausbesuch müsse und im Arbeitszimmer Besuch auf mich warte. Ich schüttelte missmutig meinen Kopf und ging ins Arbeitszimmer. Überrascht blieb ich in der Türe stehen. Jadwiga saß nackt im Besuchersessel. Ihre schönen langen Beine hatte sie kokett über die Sessellehne gelegt. Nachdem ich die Tür zum Arbeitszimmer hinter mir geschlossen hatte, stand sie auf und kam langsam auf mich zu, so, wie der Herrgott sie geschaffen hatte oder besser, wie er sie hat werden lassen. Sie legte ihre Arme um meinen Hals und sagte leise: »Ich möchte Ihnen für alles danken, was Sie für mich getan haben. Ich möchte mit Ihnen schlafen, Uwe!« Die mit ihrem slawischen Akzent geflüsterten Worte raubten mir völlig den Verstand. Nur so viel – ich nahm ihren Dank an... . Als ich aufwachte, lag ich mit einer Decke zugedeckt auf der Couch. Neben mir saß Ramona und streichelte mich: »Komm, du musst aufstehen! Wir wollen gleich Abendbrot essen. Ich weiß, es war ein anstrengender Tag für dich.« Mit einem hintergründigen Lächeln stand sie auf und ging hinaus. Ich sah mich im Zimmer um. Meine Sachen lagen fein säuberlich auf dem Schreibtischsessel Jadwiga hatte sie aufgeräumt, bevor sie gegangen war. Wieso tat Ramona so, als hätte sie nicht bemerkt, dass ich nichts anhatte? Und dann die Bemerkung vom anstrengenden Tag. Was sollte ich davon halten? Noch etwas benommen trottete ich in die Küche und war wie vom Donner gerührt. Am Küchentisch standen in trauter Gemeinsamkeit Ramona und Jadwiga und bereiteten irgend einen Salat zu. »Möchten Sie ein Bier?«, fragte mich Jadwiga. »Du kannst ruhig beim Du bleiben«, knurrte ich. Das Abendessen verlief in familiärer Harmonie.

Nachtrag
Seit dem denkwürdigen Nachmittag sind zwei ein halb Jahre vergangen. Mein Freund und Anwalt Arne Bollhaus lud mich zur Hauptverhandlung am kommenden Montag

ein. Angeklagt war der Russe Sergej W. Korjow wegen Mordes, Raubes, Menschenhandel u. a. m. Arne vertrat Jadwiga als Zeugin und Nebenklägerin. In dem Fax teilte er mir weiter mit, dass bei den kriminalpolizeilichen Ermittlungen auch die Brillanten ihren Besitzer wieder gefunden haben. Einzelheiten würde ich beim Prozess erfahren. Er versicherte mir, dass er mich nach wie vor herausgehalten habe.

Ich möchte auf eine tägliche Aufzeichnung des Prozessverlaufes verzichten. So interessant der Prozessverlauf, so interessant die Teilnehmer. Am meisten berührte mich das Wiedersehen mit Jadwiga. Sie heißt jetzt Baum und ist schwanger. In der Verhandlungspause trafen wir uns. Ihr Leben hatte sich grundlegend geändert. Das Frauenhaus hatte ihr geholfen, eine Tätigkeit als Übersetzerin zu finden. Neben ihrer Heimatsprache kann sie auch gut russisch. Bei dieser Arbeit lernte sie ihren Mann kennen und arbeitet mit ihm zusammen.
Am aufschlussreichsten war für mich, als im Prozess die Brillanten auf die Tagesordnung kamen. Die Polizei konnte die Herkunft ermitteln und der bestohlene Juwelier trat ebenfalls als Nebenkläger auf. Beruhigend war für mich, dass sich das Gericht mit der Legende vom ehrlichen aber anonymen Finder zufrieden gab. Meinem Freund Arne Bollhaus gebührt dafür mein Dank.
Der ermordete Klubbesitzer und sein Kompagnon hatten die Steine geraubt. Um sie sicher zu verwahren, kam der Chef auf die geniale Idee, die Steine im Hundehalsband zu verstecken. Der abgerichtete Hund ließ außer ihm niemanden an sich heran. Somit war das Halsband ein todsicheres Versteck. Als Jadwiga die Flucht ergriff, ließ der Bordellier seinen abgerichteten Hund los, verlor ihn aber aus den Augen. Was nun geschah – ist bekannt. Als den beiden Ganoven klar wurde – Mädchen weg, Hund

weg, Brillanten weg, brannte im Klub die Luft. Es kam zum Streit. Der Kompagnon erschoss seinen Chef, weil er glaubte, er wolle ihn hintergehen und hätte die Flucht und das Verschwinden nur inszeniert. Das Gericht verurteilte Korjow zu lebenslänglich.

Wenn ich auch für diesen Fall kein Honorar bekam, so war es für mich eine Genugtuung, einer jungen Frau den Weg zurück ins Leben geebnet zu haben.

Apropos Geld – Arne verhandelte mit dem Juwelier einen Finderlohn aus, von dem er mir den größten Teil abgab.

4. Geschwisterliebe

Montag, 11. Juni 2001

Endlich Urlaub!
Ramona hat ihre Praxis geschlossen und bei dringenden Fällen auf eine Kollegin verwiesen und auch ich habe auf Telefon und Fax meine Abwesenheit allen möglichen Kunden mitgeteilt. Es soll ein sportlich-spartanischer Urlaub werden. Urlaubsziel eine Berghütte in den Alpen, abseits von 3*** und 4*** - Hotels. Für alle Fälle packten wir uns sogar ein kleines Zweimann-Zelt in den Rucksack, um für alle Eventualitäten gewappnet zu sein, holte ich sogar meinen Rasierapparat für die Nassrasur wieder hervor. (Oder lass ich mir bei fehlendem Strom einen Bart wachsen?) Gleich nach dem Frühstück ging es los. Die Autobahn Richtung Süden ließ an diesem Montagmorgen ein zügiges Fahren zu. Unser nachmittägliches Kaffeetrinken fand schon in Österreich statt. Das kleine Kaffee kurz hinter der Grenze hatte schon etwas vom Wiener Flair. Der Gedanke, die nächsten Tage und Wochen auf diese Gemütlichkeit verzichten zu müssen, machte mich fasst ein bisschen wehmütig.

Gegen Abend erreichten wir die Berghütte. Obwohl wir von der Wildnis umstellt waren, war die Berghütte doch eher ein Berghotel. Parkplatz, Zimmer mit Nasszelle und Frühstücksbüfett erwarteten die Gäste. In der Nacht, wir hatten die Fenster offen, hörten wir ein merkwürdiges Heulen. Auch Ramona war wach. Als sie merkte, dass ich munter war, fragte sie flüsternd, was das für merkwürdige Geräusche seien. »Wölfe«, flüsterte ich. Spontan kroch sie zu mir ins Bett und meinte, dass sie keine zehn Pferde in den Wald brächten. Sie schlug vor, morgen mit dem Auto in die Stadt hinunter zu fahren und dort im Park spazieren zu gehen. Dann fragte sie, ob ich überhaupt meine Pistole bei mir hätte. Ich verneinte mit dem Hinweis, dass ich mich im Urlaub befinde. Ich beruhigte sie, dass die Wölfe jetzt im Sommer genug zu Fressen finden und nicht auf Menschen angewiesen sind.

»Wir können ja unser Campingbeil mitnehmen«, sagte ich und fügte hinzu, dass die Gefahr von einer Zecke gebissen zu werden wesentlich größer ist, als vom Wolf gefressen zu werden. Dann machte ich Ramona noch den Vorschlag, ihr rotes Kopftuch im Hotel zu lassen, damit der Wolf sie nicht mit Rotkäppchen verwechsle. Mit einem zärtlichen »du Blödmann«, drehte sie sich um und schlief ein.

Dienstag, 19. Juni 2001

Die erste Woche war ohne Zwischenfälle verlaufen. Weder Wolf noch Bär oder Luchs haben uns heimgesucht. Die Fußspuren auf der Motorhaube der Autos stammten von wesentlich harmloseren Tieren. In dieser Nacht ging ein Gewitter nieder, wie wir es so im Flachland nicht kennen. Die Blitze sind zwar nicht heller als zu Hause, aber dafür entfaltet sich der Donner umso heftiger und hallt zwischen den Bergen wider. Ich schaue zur Uhr. Es

war kurz vor Mitternacht. An Schlaf ist nicht mehr zu denken und so sehe ich mich im Zimmer um. Gerade wird das Zimmer von einem Blitz erhellt, da merke ich, wie jemand lautlos die Türklinke herunterdrückt. Erst will ich aufspringen, um nachzusehen, aber das warme Bett und Ramona halten mich fest. Ich starre weiter zur Tür. Meine Augen gewöhnen sich allmählich an das Dunkel und ich kann die Umrisse der Tür und das matte metallische Blinken der Türklinke erkennen. Nein, der Versuch unser Zimmer zu betreten wiederholt sich nicht. Nachdem ich so mehrere Minuten zur Tür gestarrt habe, drehte ich mich beruhigt um. Ramona flüstert irgend etwas. Ich verstand nicht alles, da ein erneuter Donnerschlag die Gegend erschütterte. Kaum war der verklungen hört man auf dem Flur ein grässlich-schepperndes Lachen, dass jedem Thrillerfilm zur Ehre gereicht hätte. Während mich Ramona erschrocken fragt, was das war, schaue ich auf meine Uhr. Die Zeiger waren zu einem senkrechten Strich in Radiuslänge des Ziffernblattes verschmolzen – 00:00 Uhr.
Vielleicht haben sich die Nachtgespenster einen Witz erzählt. Ich hoffe, so Ramonas Frage beantwortet zu haben. Gespenster scheinen deine neuen Klienten zu sein, erwidert sie als Anspielung auf die Ereignisse auf Burg Wolfsstein.

Mittwoch, 20. Juni 2001

Ich stand am Frühstücksbüfett und überlegte, ob ich gekochten Schinken oder italienische Salami essen will, als mich ein älterer Herr fragte, ob ich diese Nacht das thrillerhafte Lachen gehört habe. Ich bestätigte. »Das war Pinkus der Waldgeist. Der kommt öfters mal hier vorbei. Wir Alteingesessenen und Dauerurlauber kennen ihn

schon. Ja wir vermissen etwas, wenn er nicht spukt.«
Ramona war zu uns getreten und hatte die letzten Worte
mit gehört. Sie bat den Herrn doch bei uns am Tisch Platz
zu nehmen und uns etwas ausführlicher davon zu
erzählen.

»Ja gerne, gnädige Frau! Gestatten, Müller-Lessing«,
dabei schlug er dezent die Hacken zusammen. Offizier
alter preußischer Schule, dachte ich und begleitete den
Herrn zu unserem Tisch. Pinkus (seinen richtigen Namen
wusste hier niemand) war ein geistesschwacher jüngerer
Mann aus dem Dorf. In der Saison half er hier im Hotel aus
und bekam dafür etwas Taschengeld. Über ein paar Ecken
soll er auch mit den Wirtsleuten verwandt sein. Jedenfalls hat er auf dem Dachboden eine Bleibe. Die nutzte
er, um hin und wieder Gespenst zu spielen. Am Anfang
wurde sein Auftreten als lästig empfunden, doch allmählich hat sich daraus so eine Art touristische Attraktion entwickelt – Pension mit eigenem Gespenst sozusagen.
Meine Vermutung war übrigens richtig. Müller-Lessing
stammt aus Niedersachsen und war bei der Bundeswehr.
Heute ist er pensionierter Oberst a. D. Inzwischen war
auch seine Frau zu uns gestoßen und forderte ihn auf, weiter, wie sie meinte das Wichtigste zu erzählen. Müller-
Lessing winkte ab und meinte, dass sei eher Dorftratsch.
Aber mit Unterstützung von Ramona konnten sie den
alten Herrn überreden, weiter zu erzählen:

»Es liegt jetzt etwa drei Jahre zurück, da war Pinkus plötzlich verschwunden. Nach einigen Tagen fand die Polizei
in einem Bachlauf die Leiche eines jüngeren Mannes.
Offensichtlich vom Wild angefressen, war sein Gesicht
unkenntlich.«

Hier unterbrach ihn seine Frau tadelnd: »Werner, wir
essen!« »Da haben Sie es!«, erwiderte Müller-Lessing
und fuhr fort: »Erst wollen die Frauen, dass man erzählt,
aber wenn es ins Detail geht, ist es ihn auch nicht Recht.«

Ramona lächelte ihn an und bat, weiter zu erzählen. Derartige Details hätten keinen Einfluss auf ihren Appetit. (Kein Kunststück, sie ist ja Ärztin.)
»Also, wo war ich stehen geblieben?«, fragte der Oberst, den Gesprächsfaden suchend. »Bei der unbekannten Leiche«, warf ich ihm als Stichwort zu.
»Zwei Wochen nach dem Leichenfund tauchte der Dorftrottel wieder auf. Bis heute weiß niemand, wer der Tote war und wo sich Pinkus zwischenzeitlich herum getrieben hat. Bei der Polizei ist auch keine Vermisstenanzeige eingegangen. Wie bei solchen Mysterien ist ja die Legendenbildung rasch zur Hand. Der unbekannte Tote ist es, der hier spukt. Denn weder die Wirtsleute noch einer der Gäste hat Pinkus beim Spuken jemals erwischt. Er hat es auch nie zu gegeben. Wir sind bloß alle überzeugt, dass er es ist, der hier hin und wieder sein Unwesen treibt.« Ramona meinte dann, als Müller-Lessing seine Ausführungen beendet hatte, so nebenbei, dass man doch einmal einen Privatdetektiv beauftragen sollte, um die Identität des Hausgeistes zu ergründen. Eins muss ich Ramona lassen, geschäftstüchtig ist sie und um mein wirtschaftliches Wohl besorgt. So blieb es auch nicht aus, dass ich mich zu erkennen geben musste.

Donnerstag, 21. Juni 2001

Als wir von einer neunstündigen Bergwanderung zurückkamen, lag ein Brief auf dem Tisch. Der Chef des Hauses zeigte sich interessiert, an den Hintergründen der mysteriösen Ereignisse, bat aber darum Ergebnisse meiner Ermittlungen nur ihm Kund zu tun, um Imageschaden fürs Haus zu vermeiden. Nun war guter Rat teuer. Unser Urlaub geht übermorgen zu Ende. Als wir zum Abendbrotessen gingen, trafen wir Pinkus, als er das Hotel verließ. Spontan entschloss ich mich, einmal sein Zimmer zu inspizieren. Ramona sollte nur aufpassen, wenn Pinkus plötzlich zurückkäme.

Die Bodenkammer, in der Pinkus hauste, war abgeschlossen. Da ich kein Werkzeug im Urlaub mithatte, musste mir der Wirt erst aufschließen. Wohl war mir nicht dabei, bei solchen Aktionen andere einzubeziehen, auch wenn es der Auftraggeber war. Bei der Besichtigung schickte ich ihn hinaus. Ich wollte allein sein. Im Raum war es stickig. Die Fensterläden geschlossen. An der Decke baumelte eine 40 W-Glühlampe. Ich hatte Mühe, mich an das Halbdunkel zu gewöhnen. Viel Zeit blieb mir nicht. Ich erhielt einen Schlag und verlor das Bewusstsein. Über mir leuchteten helle blaue Blitze und hoben sich deutlich vom dunklen Nachthimmel ab. Ein sonores Brummen drang an mein Ohr. Ein Ruck und das Brummen verstärkte sich. Mir kam es vor, als säße ich in einem Flugzeug im Steigflug. Woher kommt bloß das blaue Licht?, dachte ich. Dann hörte ich Ramonas Stimme. Ich schlug die Augen auf und sah, dass ich in einem Krankenwagen lag. Der Widerschein der Rundumleuchte erhellte im steten Rhythmus das Wageninnere. Neben Ramona saß noch ein Mann.

Sonntag, 24. Juni 2001

Frau Dr. Leicht berichtet weiter:
Es ist nicht so, dass seit Donnerstag nichts Aufschreibenswertes passiert wäre. Aber ich komme erst heute dazu. Nachdem Uwe niedergeschlagen wurde, kam der Wirt aufgeregt zu mir: »Frau Doktor, ihr Mann ist verletzt«! Wir rannten beide die Bodentreppe hinauf. Da lag Uwe. Er hatte versucht noch allein die Treppe hinunter zu steigen. Ich rief sofort den Rettungsarzt und, trotz

Protestes des Hoteliers, die Polizei an. Unklar ist für mich, wieso der Wirt, der meinem Mann die Bodenkammer aufschließen musste, vom Täter nichts gesehen hatte. Die Polizei verdächtigte ihn sogar, Uwe niedergeschlagen zu haben, was ich aber nicht glaube. Er sei, nachdem Uwe Blut überströmt die Kammer verlassen hatte und zusammenbrach, sofort zu mir gekommen. Der Täter konnte somit unbemerkt den Tatort verlassen. Die Polizei bestätigte mir meinen Verdacht, da sie auch Fußspuren, die nicht zu Uwe und dem Wirt gehören, gefunden hatten. Inzwischen habe ich unsere Sachen gepackt und bin ins Krankenhaus gezogen. Ich denke, dass wir am Dienstag fahren können. (Meine Praxis habe ich wegen Krankheit noch eine Woche länger geschlossen.) Uwe erzählte mir, er glaubte im Zimmer plötzlich eine Frau vor sich gesehen zu haben, bevor er den Schlag erhielt. Er war noch nicht vernommen worden, hatte aber nicht vor, das der Polizei zu erzählen. Stattdessen bat er mich, noch einmal ins Hotel zurück zu fahren und mit Pinkus zu sprechen. Zur Kaffeezeit traf ich im Hotel ein. Der Erste, dem ich begegnete, war Müller-Lessing. Er erkundigte sich teilnahmsvoll nach dem Befinden meines Mannes und machte sich Vorwürfe, durch seine Erzählung letztlich alles erst ausgelöst zu haben. Irgendwie wirkte er nervös. Die militärische Souveränität, die bei unserer ersten Begegnung von ihm ausging, war weg. Als ich mich mit der Floskel: »Grüßen Sie Ihre Frau!«, verabschiedete, zuckte er zusammen. Ich ging hinauf zu Pinkus. Er lächelte mich freundlich an, als ich eintrat, wischte einen Stuhl ab und ließ mich setzen. Jeder normale Mensch hätte mir Vorhaltungen gemacht, was wir ohne sein Wissen in seinem Zimmer zu suchen hätten. Nicht so dieser Mann. Er entschuldigte sich für das, was Uwe widerfahren war. Da hörte ich vor der Tür ein Geräusch. Ich sprang rasch auf und stieß die Bodentür weit auf. »Au, passen Sie doch auf!« schimpfte Beate Müller-Lessing. Dann stürzte Pinkus auf sie zu und umarmte sie. Nachdem sie seine Zärtlichkeiten abgewehrt hatte, blieb ihr nichts anderes übrig, mir eine Erklärung abzugeben. Pinkus mit bürgerlichem Namen Alfred Buhse war ihr Bruder. Seine Debilität rührte von einer Hirnhautentzündung her.

»Wer weiß noch davon?«, fragte ich. »Nur mein Mann«, war ihre Antwort. Ich sagte ihr auf den Kopf zu, dass sie es war, der Uwe Kiel niedergeschlagen hat, weil niemand erfahren sollte, dass verwandtschaftliche Beziehungen zwischen Pinkus und den Müller-Lessings bestehen. Sie gab es zu. Unklar war, warum ihr Mann dann den Ermittlungen überhaupt zugestimmt hatte. Frau Müller-Lessing zuckte mit den Achseln. Doch je mehr ich darüber nachdachte, kam ich zu dem Schluss, dass da mehr dahinter steckte. Ihr Mann, der Oberst, hatte etwas von einer unkenntlichen Leiche erzählt. Warum war Pinkus damals verschwunden? Wer steckte dahinter? Zuerst setzte ich durch, dass Pinkus vorerst wieder ins Dorf zurückkehren solle.

Am Abend war ich wieder bei Uwe. Auch er hatte sich seinen angeschlagenen Kopf zerbrochen, wie das alles zusammenpasste und warum diese Geheimniskrämerei. »Warum riskiert die Müller-Lessing einen Totschlag, bloß damit niemand erfährt, dass ihr Bruder dieser debile Pinkus ist?«, fragte er mich. Uwe und ich kamen zu dem Schluss, dass das mit dem unbekannten Toten zu tun haben musste. Aber das Puzzle war noch zu lückenhaft, als das es ein erkennbares Bild ergab. Uwe beschloss, am Montag noch einmal mit der Polizei darüber zu sprechen.

Montag, 25. Juni 2001

Es berichtet wieder Uwe Kiel:
Ein freundlicher Kommissär begrüßte mich im kärtner Dialekt: »Grüß Gott, Herr Doktor! Was können wir für Sie tun?« Ich wollte Anzeige gegen Frau Müller-Lessing erstatten. Zu meiner Überraschung wusste die Polizei schon Bescheid, da sich die Schlägerin bereits selbst angezeigt und gestanden hatte. Auch sie hatte man auf das Revier bestellt. Die Sache war schnell geklärt. Frau Müller-Lessing schlug vor, mir eine bestimmte Summe zu zahlen, wenn ich meine Anzeige zurückzöge. Ich willigte ein. Danach verließ ich die Polizei, um mich noch ein wenig im Ort umzusehen und umzuhören. Eine Möglichkeit, das Gespräch auf Pinkus, sein Verschwinden und die Leiche zu bringen, ergab sich nicht. Da ich weder Kriminalist noch Journalist bin, ist die Polizei auch nicht verpflichtet, mir irgendwelche Auskünfte zu erteilen. Während ich so durch die Straßen schlenderte, sah ich ein kleines Kaffee, das, jetzt am späten Vormittag, öffnete. Ich hatte plötzlich Appetit auf Süßes. Nach Sachertorte und einem anständigen Kaffee war mir nach der Krankenhauskost der letzten Tage zumute. Das Essen war nicht schlecht und auch den Kaffee konnte man trinken, aber die Atmosphäre im Kaffeehaus ist eine andere. Da ich am Kopf noch verpflastert war, erkundigte sich die Wirtin teilnahmsvoll nach meinem Schicksal. Ich erzählte ihr, wo ich Urlaub machte und behauptete, im Wald einen Unfall gehabt zu haben. Warum ich plötzlich den Wald ins Gespräch brachte, weiß ich nicht mehr, aber es war das richtige Stichwort.
»Ja, ja unser Wald da oben und die Hütte, da ist es grauslich. Dort geht der Leibhaftige um. Meine Kellnerin, die Resi, hat dort schon einmal eine Leiche gefunden, zugerichtet, was kein Mensch fertig bringt. Die arme Frau

konnte nächtelang nicht schlafen.« Ich fragte, wo die Resi jetzt sei. »Sie kommt erst nachmittags, wenn's Haus voll ist«, bekam ich zur Antwort. Dann erzählte ich vom nächtlichen Spuk und fragte, ob sie schon mal etwas vom Pinkus gehört habe. Während ich mein Stück Torte aß und mir den Kaffee schmecken ließ, hatte sich die Wirtin zu mir an den Tisch gesetzt, weil sie in mir offensichtlich einen interessierten Zuhörer gefunden hatte, der sich für die Unerklärlichkeiten ihrer engeren Heimat zu interessieren schien. Außerdem war ich bisher der einzige Gast. So erfuhr ich, dass die Resi eine Frauenleiche, deren Gesicht unkenntlich war, gefunden hatte. Das machte mich stutzig. Hatte Müller-Lessing mir nicht etwas von einer Männerleiche erzählt? Bei der Toten hätte es sich um eine junge Frau aus dem Nachbardorf gehandelt, die Selbstmord begangen hätte, Grund: eine Beziehungskrise. Meine Frage, wieso denn der Teufel seine Hand im Spiel gehabt hätte, begründete die Wirtin damit, dass die Frau völlig unkenntlich, dass Gesicht schwer verletzt war. »Wenn jemand Gift schluckt, in den Wald geht, um dort in Ruhe zu sterben, wieso ist er dann nicht wieder zu erkennen?«, fragte mich die Wirtin. Ich erzählte ihr, dass Leichen oft vom Wild angefressen werden und nicht unbedingt der Leibhaftige seine Hände im Spiel haben muss. Das Thema passte zwar nicht ganz zu meinem schmackhaften Frühstück, aber meine Torte hatte ich bereits aufgegessen, ehe wir zum unappetitlichen Teil der Unterhaltung übergingen. Die Frage, ob ich noch ein Stück essen wolle, verneinte ich, bestellte mir aber noch ein Glas Weißwein. »Da trink ich einen mit«, meinte sie. Meine Frage, ob es bei der einen Toten geblieben sei, verneinte sie. Kurz darauf wäre auch ein Mann fasst an der gleichen Stelle gefunden worden, auch ein Selbstmörder, wie die Polizei behauptete. Aber im Gegensatz zu der toten Frau, hätte sie den Toten nicht persönlich gekannt. »War es auch eine unglückliche Liebesgeschichte?«, fragte ich. Sie schüttelte den Kopf und meinte, dass eine Firmenpleite und Alkohol den Mann zum Selbstmord veranlasst hätten. »Wurde der Mann Pinkus genannt?«, fragte ich noch einmal. Sie schaute mich an und bestätigte, dass der Name Pinkus hier schon einmal gefallen war. Mehr wusste sie dazu nicht. Ich wollte gerade gehen, da betrat eine ältere kleine unscheinbare Frau das Kaffee.

»Resi, sagt dir der Name Pinkus etwas?«, fragte die Wirtin. Sollte mir der Zufall wieder zu Hilfe gekommen sein? Resi käme doch erst nachmittags, erinnerte ich mich, gehört zu haben. Nun stand die Frau vor mir, die zu mindest eine Leiche gesehen hatte. Pinkus war ihr ein Begriff. »Der Verrückte aus der Baude«, sagte sie unumwunden und fragte mich, was wieder mit ihm sei. Ich erzählte ihr, dass dieser einmal für längere Zeit verschwunden war und man glaubte, er wäre einer der Toten, bis er dann plötzlich wieder auftauchte. Sie räumte die Gläser ab und verschwand wortlos in Richtung Küche. Ich bezahlte und ging. Es gab, so das Resultat der Aussagen der beiden Frauen, keine unaufgeklärten Mordfälle. Ob vielleicht einer der Selbstmorde kaschiert war, kann ich heute beim besten Willen nicht herausfinden. Und der Pinkus hat damit auch nichts zu tun. Sollte alles ganz harmlos sein? Ich hatte das Lokal verlassen und gelangte plötzlich auf den Hof des Gasthauses. Warum, kann ich mir selbst nicht erklären. Am Eingang zu Küche stand Resi und rauchte. Als sie mich sah, winkte sie mich heran: »Was ich Ihnen jetzt sage, bleibt unter uns, versprochen«! Ich versprach es. »Also«, fuhr sie fort. »Der Alfred hat doch keine Eltern mehr. Seine Schwester und der Schwager sind nicht gut zu ihm. Eines Tages saß er weinend auf dem Dorfplatz. Ich fragte ihn, was passiert sei, bekam aber keine Antwort.« Ich unterbrach Resi und fragte, woher der Name Pinkus käme. Sie meinte, einer der Hotelgäste hätte ihn einmal so genannt und dann wäre der Spitzname am ihm hängen geblieben. Resi beteuerte, ihn niemals so angeredet zu haben. Dann erzählte sie, dass sie ihn zu sich genommen habe. »Wenn er auch bisschen wirr im Kopf ist, so ist er doch gut und auch ein hübscher Bursche.« Sie gestand mir, dass ihr Sohn jetzt so alt wie Pinkus wäre, aber leider eine Totgeburt war. .. und so blieb Alfred ein paar Wochen bei mir, bis ich krank wurde. Da sagte ich ihm, er solle doch zurückgehen. Er könne, wenn ich wieder gesund bin, jederzeit wiederkommen. Er versprach es. Er kommt auch heute noch gerne vorbei.

Ich hatte erst Angst, dass mich seine Schwester anzeigt, aber er hat wahrscheinlich mit niemandem über uns gesprochen. Ich erzähle Ihnen das auch nur, weil Sie keiner von hier sind. Er ist ein guter Junge, flüsterte Rosi und wurde, trotz ihrer zweiundfünfzig Jahre, rot.

Ich verabschiedete mich von ihr. So ist das also, dachte ich. Die Mystifikation entpuppt sich als die Liebe einer reifen Frau zu einem jungen Burschen, der ihr Sohn sein könnte. So wie ich zwischen den Zeilen heraus gehört habe, ist es nicht nur Mutterliebe, die Resi und Pinkus verbindet. Aber das geht mich nichts an und auch nicht die Lessings. Nach all dem was vorgefallen war, werden sie auch kaum noch eine Auskunft von mir erwarten.

5. Die Schnapsleiche

Mittwoch, 23. April 2003

Eine im Scheidungskampf liegende Mandantin hatte mich auf ihren Noch-Ehemann angesetzt, um heraus zu finden,

wer seine neue Lebensgefährtin sei. Aufgaben dieser Art sind Routine, ungefährlich, aber bringen Geld, was man von reizvollen Ermittlungen nicht immer sagen kann. Sie erinnern sich an die Geschichte mit dem Hundehalsband. Ich war gerade dabei, die Fotos zu sortieren und die nächste Zwischenabrechnung gegenüber meiner Mandantin vorzubereiten (ich nenne sie diskret und aus Datenschutzgründen nur Frau W.). Ich hatte herausgefunden, dass sich ihr lieber Ehemann mit der Schwiegerfreundin ihres gemeinsamen Sohnes trifft. Herr W. ist also drauf und dran, zwei Familien zu zerstören. Ich grübele gerade darüber nach, wie man einen solchen Mann einstufen soll. Juristisch ist das keine Frage und für einen Privatdetektiv an sich uninteressant. Während so wieder einmal das weite Feld des menschlichen Daseins vor meinem geistigen Auge ablief, klingelte das Telefon.
»Valentin«, dann ein dezentes Rülpsen, ehe er weiter sprach: »Guten Tag Uwe, ich brauche deine Hilfe in einer Sache über Versicherungsbetrug. Die zahlen gut: vierhundert Euro pro Tag, plus Spesen. Details faxe ich dir zu, wenn du ja sagst.« Ich sagte ja, da mir solche Fälle in der Regel Spaß machen, auch wenn die Ermittlungen manchmal mühsam sind. Noch während ich auflegte, musste ich mit dem Kopf schütteln.
Valentin Nebel war in der Branche als durchaus erfolgreicher Rechercheur, obwohl aus einem artfremden Milieu kommend, bekannt. Früher war er Dekorateur. Eines Tages, er hatte gerade mit seiner Truppe mehrere Schaufenster eines stadtzentral liegenden Kaufhauses neu dekoriert, da passierte es: Nebel betrat mit mehreren Promille im Blut ein Schaufenster und rutschte aus. Im Sturz riss er eine Puppe um, die laut klirrend durch die abgedeckte Scheibe fiel und den Blick auf das Geschehen freigab. Nach dem er sich mühsam aufgerappelt hatte steuerte er schwankenden Schritts auf einen noch heil

gebliebenen Gartenstuhl zu, schmiss die darin befindliche junge Dame aus Draht und Plaste mit den Worten: »Mach Platz, Puppe!«, aus dem Stuhl und setzte sich, wiehernd über seinen eigenen Witz, hin. Der jungen Frau brach, ob dieser Behandlung, der Kopf ab. Die Passanten schüttelten den Kopf oder amüsierten sich köstlich, als Valentin mit dem Gartenstuhl zusammenbrach. Einige hielten das für eine Werbemasche und nicht für die Eskapaden eines besoffenen Dekorateurs. Dieser Höhepunkt seines beruflichen Schaffens war zugleich sein Ende. Und nun verlegte sich Valentin Nebel aufs Detektivspielen, überraschenderweise mit Erfolg. Er verzichtete (er musste) auf PKW und Pistole. Wer achtzehn Stunden am Tag fahruntüchtig ist, der kann mit einem Führerschein wenig anfangen und dem genehmigt man auch keinen Waffenschein. Weil ich einen guten Draht zur Polizei habe und auch Auto fahren darf, hat mich Nebel als Kompagnon angefordert.

Der Wagen klebte am Pfeiler der Autobahnbrücke. Im Inneren roch es penetrant nach Spirituosen. Der Fahrer lebte, wider Erwarten noch, als ihn die Feuerwehr herausschnitt. Mit Volltrunkenheit am Steuer, ist die Versicherung nicht verpflichtet, für den Schaden aufzukommen. Zwei Tage nach dem Unfall verstarb der Mann. Und nun kommt es: der Tote hatte nur 0,025 Promille im Blut. Das war die Ausgangssituation, wie aus den Unterlagen ersichtlich, die mir Valentin gefaxt hatte. Die Witwe klagte gegen die Versicherung, da der Vorwurf der Volltrunkenheit gegen ihren verunglückten Gatten nicht aufrechterhalten werden konnte.
Valentin und mir fiel nun die Aufgabe zu, die These von der Schnapsleiche vor Gericht glaubhaft nachweisen zu können. Das ist der richtige Fall für Valentin. Mit Schnaps und seinen Leichen steht er ja so zu sagen auf du und du,

dachte ich.

Am Nachmittag fuhren Valentin und ich zu jener Stelle. An dem Betonpfeiler waren noch die Spuren des Wagens zu sehen. Während wir die Unfallstelle besichtigten, hatte Valentin eine kleine Weinflasche aus der Tasche gezogen und nahm einen kräftigen Schluck, begleitet von einem unnachahmlichen Rülpser. Was halten wir davon?, fragte er mich. Ich zuckte mit den Schultern, ehe ich ihm antwortete: »Hier geht es nicht nur um einen Unfall, sondern vielleicht sogar um Mord. Woher kam der Alkoholdunst im Unfallwagen, wenn der Fahrer gar nicht betrunken war?« Die Antwort ließ auf sich warten, da Valentin mit zwei Schlucken sein Fläschchen austrank. Mein vorwurfsvoller Blick veranlasste ihn zu der Bemerkung: »Je trüber mein Blick wird, desto klarer sehe ich alles vor meinem geistigen Auge.«

»...und was siehst du da?« fragte ich spöttisch zurück. Er umrundete den dicken Betonpfeiler und kam mit einem kleinen Plastekanister zurück. Wortlos hielt er ihn mir unter die Nase. Es roch nach Alkohol. Aus dem Etikettenrest war ersichtlich, dass es sich um Industriealkohol, vergällt und ungenießbar, handelte. »Eins zu Null für dich«, sagte ich. Weder die Polizei noch ich waren auf die Idee gekommen, hinter die Säule in das Gestrüpp zu schauen. Valentins geistiges Auge hatte ihn nicht im Stich gelassen. Ich schlug vor, den Unfallwagen nochmals polizeilich untersuchen zu lassen. Wenn jemand, der nüchtern ist, voll auf einen Betonpfahl zurast, dann ist es entweder ein Selbstmörder oder der Wagen hat plötzlich seinen Dienst versagt. Bremsen und/oder die Lenkung sind ausgefallen. Den Kanister nahmen wir mit. Auf der Rückfahrt bat mich Valentin an der nächsten Raststätte anzuhalten. Dort versorgte er sich wieder mit zwei kleinen Flaschen Weißwein, von denen er eine während der Fahrt austrank. Sein Erfolg, der Alkohol und das bevorstehende Wochenende machten ihn redselig und gesprächig. Er lud mich noch zum Kaffeetrinken ein. Seine Frau öffnete uns mit einem Likörgläschen in der Hand, in dem eine rote Flüssigkeit schwappte.

Sie war ein lustiges Persönchen von gerade einmal 1,52 Metern und etwas vollschlank.

Auf dem gedeckten Kaffeetisch stand neben dem üblichen Zubehör, wie Sahne und Zucker auch eine Flasche mit Eierlikör. Dazu hatte seine Frau noch einen Schokoladenkuchen mit Rum gebacken. Ein Stück davon hätte mich fast fahruntauglich gemacht. Ich war froh, dass wenigstens der Kaffee alkoholfrei war. Ich konnte mich nicht enthalten seine Frau zu fragen, ob sie auch mit Alkohol ihr Essen würzen würde. Ehe sie antworten konnte, fiel ihr Valentin ins Wort: »Gerlinde, wie war der Witz mit den Kochrezepten«? Gemeinsam, sich gegenseitig assistierend, erzählten sie ihn. Ich hoffe, dass ich ihn behalten habe:

Zwei Köche tauschen neue Kochrezepte aus. »Du ich habe ein neues Soßenrezept. Man nimmt ein halbes Kilo Schmorfleisch und brät es an; ab und zu mit einem trockenen Rotwein ablöschen. Dazu gibst du eine Mehlschwitze mit Kognak. Wenn der Braten fertig ist, kommt noch ein viertel vierzigprozentiger Rum hinzu und dann anbrennen«. »Das soll schmecken? Das Fleisch ist doch völlig verbrannt«, fragt der Kollege. »Ja, das Fleisch kannst du weg tun, aber die Soße ist vorzüglich!«, bekommt er zur Antwort.

Auf der Heimfahrt ging mir das Leben der beiden durch den Kopf. Valentin brauchte eigentlich eine Entziehungskur und Gerlinde könnte er gleich mitnehmen. Trotzdem bewundernswert, wie die beiden beruflich vorankommen und dabei noch eine Tochter großziehen.

Wieder zu Hause, rief ich bei der Polizei an und erstattete Anzeige. Mein Freund, Hauptkommissar Herker, versprach, den Wagen erkennungsdienstlich behandeln zu lassen.
Nun konnte das wohlverdiente Wochenende beginnen. Frau W., meine Mandantin, wollte ich mit der Erkenntnis, dass ihre künftige Schwiegertochter vielleicht nicht ihre Schwiegertochter, sondern ihre Nachfolgerin im Ehebett wird, nicht das Wochenende vermiesen.

Mittwoch, 30. April 2003

»Das war eindeutig Mord, meine Herren! Die Lenkung hatte jemand fachmännisch manipuliert, ich betone, es war ein Spezialist am Werk. Ob ein Versicherungsbetrug beabsichtigt war, kann ich noch nicht sagen. Jetzt ermitteln wir erst einmal wegen Mordes«, tönte Hauptkommissar Herker laut und deutlich. Er bedankte sich bei Nebel und mir für die Hinweise und bürstete seine Leute, die den Unfall- beziehungsweise Tatort nicht gründlich abgesucht hatten, ab. Dann erfuhr ich noch Einzelheiten über den Toten. (Mein Partner Valentin Nebel hatte mir bisher nichts dazu gesagt.) Der Tote hieß Napoleon Kaubisch, war fünfunddreißig Jahre alt, verheiratet und kinderlos. Von Beruf war er Vertreter für Solar- und diverse Industrieanlagen. Als wir das Büro des Hauptkommissars verließen, fragte mich Valentin, was er denn nun der Versicherung sagen solle.
»Sag ihnen, was uns die Polizei heute mitgeteilt hat. Damit ist dein Auftrag erst einmal erfüllt«, erwiderte ich.
Auf der Heimfahrt griff ich wortlos in meine Jackentasche und gab Valentin eine Visitenkarte des Toten. Ein Stapel dieser Karten lag bei den Asservaten, die man bei Herrn Kaubisch gefunden hatte. Bei Valentin angekommen

fragte er mich, ob ich noch auf einen Schluck mit zu ihm kommen wolle. Ich lehnte dankend ab. Zu Hause nahm ich mir die Visitenkarte vor. Mehr aus Neugierde rief ich die angegebene Homepage seiner Firma, eine Solar-Modul GmbH mit Sitz in Baden-Württemberg und in Sachsen, auf. Der Firmensitz des Toten war in Dresden. Im Internet fand ich die Adresse. Die Telefonnummer auf der Visitenkarte stimmte mit der auf der Homepage überein. Dann lächelte mir Herr Kaubisch auf einem Foto entgegen. Er wirkte mit seiner Stirnglatze etwas älter als ein Mann Mitte dreißig. Die kleine Solarfirma hatte von allen Mitarbeitern ein Passfoto ins Internet gestellt. Ich schaute sie mir der Reihe nach an. Plötzlich stutzte ich. Da war das Bild eines Mannes, der mir bekannt vorkam: Rüdiger Jagosch, Vertriebsleiter, 56 Jahre stand darunter. Männer dieses Alters sind in solchen neu gegründeten Firmen eher selten, dachte ich und überlegte, wo ich den Mann schon einmal gesehen hatte. Dann rief ich Valentin an, forderte ihn auf, sich die Homepage auch einmal anzusehen, damit auch er weiß, wie der Tote aussah.

Am Abend war ich mit Ramona seit langen wieder einmal im Theater. Vor Sonnenuntergang von Gerhard Hauptmann wurde gespielt. In diesem Konflikt geht es um mehr, als nur um einen alten Mann und eine junge Frau. Die Frage, die Hauptmann aufwirft ist die, wie gehen die erwachsenen Kinder mit den neuen Partnern ihrer Eltern um. Der Schauspieler, der den Sanitätsrat Dr. Steynitz spielte, erinnerte mich an Jagosch, dessen Bild mir den ganzen Tag nicht aus dem Kopf gehen wollte. Plötzlich fiel es mir wieder ein: Oberstleutnant der Volkspolizei Jagosch, ein Mann, der nach der Erneuerung der Polizei in den neunziger Jahren gehen musste, da seine intensiven Beziehungen zu einem anderen staatserhaltenden Ministerium in der DDR einer Weiterbeschäftigung im Wege stand. Selbst die Degradierung zum leitenden Haupt-

kommissar, die er in Kauf zu nehmen gedachte, änderten an dem Entschluss des Innenministeriums nichts. Beim anschließenden Abendbrotessen im Theaterkeller fiel Ramona meine Schweigsamkeit auf. Sie ahnte natürlich, dass mir wieder ein Fall durch den Kopf ging.
»Na Sherlock Holmes, steht der Fall kurz vor der Lösung?«, provozierte mich Ramona und stieß mit mir an. Ich hatte schon wieder vergessen, welche Weinsorte ich bestellt hatte. Es war ein Weißwein, auch wenn er eher gelb im Schein der Tischlampe leuchtete. »Nein Frau Doktor Watson«, erwiderte ich und erzählte ihr, was ich bei meiner Internetrecherche herausgefunden hatte. Ramonas Frage, ob es einen Zusammenhang zwischen dem Tod und dem ehemaligen Polizeioffizier gebe, beantwortete ich mit einem Schulterzucken, zumal ein Mordmotiv noch unbekannt sei. Sie forderte mich auf, meinem Kollegen Nebel davon zu berichten.

Montag, 5. Mai 2003

Ich hatte mich entschlossen nach Dresden zu fahren, um mir einmal die Solarfirma anzusehen. Im Norden der Stadt, im ehemaligen Industriegelände, Gewerbepark sagt man heute dazu, hatte sich die Solarfirma häuslich eingerichtet. Meine Ankunft auf dem Parkplatz beachtete niemand, zumal hier verschiedene Firmen ihren Sitz hatten. Während ich mich vom Fahrersitz aus umsah, klingelte mein Handy:
»Hier Valentin, ich grüße dich! Der obligate Rülpser blieb zu meinem Erstaunen aus.«
»Halte dich fest, Uwe! Weist du, wer die Versicherungspolice unterschrieben hat?«
Ein Rüdiger Jagosch. Ich habe mich erkundigt, er macht nebenbei in Versicherungen. Und jetzt kommt es. Der

Jagosch war vor zwei Jahren schon einmal in einen ähnlichen Unfall verwickelt. Der Fahrer, angeblich besoffen, erleidet einen Unfall. Die Police dieses Mannes auch von deinem Jagosch ausgestellt. Der Tote hatte bis Dato auch in dieser Firma gearbeitet. Ich war erst einmal baff. Aber ein Mordmotiv war für mich trotzdem nicht erkennbar. Mein Kollege Nebel klärte mich auf. Wenn die zu zahlende Versicherungsprämie nicht direkt an die Hinterbliebenen, sondern an den Vertreter gezahlt wird, damit dieser sie weiterleitet, bestände die Möglichkeit der Unterschlagung. Die Versicherungsfirma, bei der Nebel unter Vertrag steht, verfährt so. Der Vertreter fälscht die Entscheidung der Versicherung, in dem er behauptet, wegen Fahrens unter Alkohol wird nicht bezahlt und behält die Prämie ein. Blieb nur noch die Frage zu klären, wie in diesem Falle der Jagosch das Geld zu unterschlagen gedenkt, nach dem bekannt wurde, das Kaubisch gar nicht betrunken war. Mit diesem Wissen, stieg ich aus meinem Auto, entsicherte aber vorsichtshalber meine Pistole, da ich Jagosch persönlich gegenüber treten wollte. Ich dachte an die Zeit vor etwa fünfzehn Jahren zurück, als ich noch im Polizeidienst war. Ich bin Oberstleutnant Jagosch selten begegnet. Er erfreute sich keiner übertriebenen Beliebtheit. Galt er doch politisch als Hardliner (damals sagte man 150 %iger dazu). Solchen Männern ging man am besten aus dem Weg. Ich brauchte das Gebäude gar nicht zu betreten, denn er kam plötzlich aus dem Haus und steuerte auf einen Porsche zu. Ich begrüßte ihn mit einem freundlichen »Guten Tag Genosse Oberstleutnant, wie laufen die Versicherungsgeschäfte? Ziemlich gut, wenn man sich einen Porsche leisten kann.« Die Hand gab ich ihm nicht, hatte ich doch ein etwas schweres Geschütz zur Begrüßung aufgefahren und rechnete mit einer unliebsamen Reaktion. Jagosch lächelte. Als ob er meine Provokation überhaupt nicht gehört hatte, begrüßte er mich fast freundlich: »Der Kiel, Hauptmann Kiel. Na, auch die Uniform an den Nagel gehängt! Was führt Sie zu mir?« Da er mir die Hand gab, blieb mir nichts anderes übrig, als seinen Händedruck zu erwidern. Wir verabredeten uns für 19:00 Uhr in der Münzgasse.

Ich hätte es ahnen müssen. Wer nicht kam, war Rüdiger Jagosch. Nachdem ich zu Abend gegessen hatte und es bereits nach 20.00 Uhr war bezahlte ich und fuhr nach Hause. Da der Berufsverkehr nachgelassen hatte, war ich knapp zwei Stunden später wieder daheim.

Dienstag, 6. Mai 2003

Gegen 09:00 Uhr war ich schon bei Valentin Nebel, in der Hoffnung, ihn noch nüchtern anzutreffen. Die Flasche Wein auf seinem Schreibtisch war freilich schon entkorkt, aber noch ziemlich voll. Ich erzählte ihm von meiner Begegnung und dem geplatzten Treffen. Valentin rief in der Firma an und erfuhr, dass Herr Jagosch auf Dienstreise sei und erst am Donnerstag wieder erwartet würde. Wir dachten beide das Gleiche: Flucht. Auf der Polizei wurden wir auch gleich zu Hauptkommissar Herker vorgelassen. Auch dort war der Name Jagosch inzwischen bekannt. Unsere Aussagen deckten sich mit dem, was die Kripo inzwischen auch herausgefunden hatte. In Dresden wurde die Fahndung nach dem flüchtigen Ex-Polizeioffizier eingeleitet. Herker, der Jagosch auch noch von früher kannte, forderte mich auf, mit ihm gemeinsam ein Täterprofil für das LKA zu erstellen, damit die Herren zielgenauer nach ihm suchen können. »Wohin würdest du dich absetzen, Uwe?«, fragte mich Herker, der mich das erste Mal duzte. »Nach Osten. Jagosch kann bestimmt gut russisch. Außerdem sind die Länder noch nicht in der EU, was ein Untertauchen erleichtert«, war meine Antwort. Herker informierte das LKA von meiner Vermutung und gab gleich noch das Kennzeichen des Porsche durch. Am Nachmittag rief ich Frau W. an und entledigte mich der traurigen Mitteilung, dass ihre künftige Schwiegertochter, von der ich bisher nur ein Bild besaß, offensichtlich die Partner gewechselt habe und mit ihrem Mann, ihrem künftigen Schwiegervater, ein Verhältnis hat und somit fraglich sei, ob es überhaupt zu einer Hochzeit kommen wird, zum mindesten nicht in der gedachten Konstellation. Mehr aus Gewohnheit fragte ich Frau W. nach dem Namen der jungen Frau. »Jutta Jagosch«, lautete die kurze und knappe Antwort. Mir blieb die Sprache weg und meine Gesprächspartnerin am anderen Ende der Leitung fragte besorgt, ob mir etwas passiert sei. Ich verneinte und beruhigte sie. Dann fragte ich meine Mandantin möglichst unauffällig nach Frau Jagosch aus. Sie sei 21 Jahre alt, wohne bei ihrem Vater, der jahrelang allein erziehend war. Die Mutter wäre früh verstorben. Der Vater wäre ein sehr sympathischer Mann und leitend in einem Wirtschaftsunternehmen tätig. Sie wusste auch, dass der Vater des Mädchens früher bei der Polizei ein hohes Tier gewesen sei. Ich bedankte mich und legte auf. Um jeglichen Irrtum auszuschließen, schaute ich mir noch einmal Jagoschs Foto im Internet an und verglich es mit dem Foto, das ich von seiner Tochter bei meiner Observation gemacht hatte. Große Ähnlichkeit konnte ich nicht feststellen, aber dazu waren die Bilder auch in ihrer Qualität zu unterschiedlich. Da ich wusste, wann sich Jutta mit einem der beiden Herrn W.'s zu treffen gedachte, war es nicht schwer, ihre Wohnung herauszufinden, was mich bisher nicht interessierte.

Donnerstag, 8. Mai 2003

Ich stand vor dem Haus in Löbtau, wo die Jagoschs wohnen. Aber außer mir wartete noch jemand auf Herrn Jagosch. Die unauffällige Auffälligkeit des Pärchens war für Kenner der Szene nicht zu übersehen. Man observierte die Wohnung in der Hoffnung, den Flüchtigen anzutreffen. Später sah ich einen Kleinwagen kommen und vor dem Haus halten. In der Aussteigerin erkannte ich Jutta. Das observierende Pärchen ließ sie ungeschoren. Offensichtlich waren die Bewacher nur auf ihn fixiert und kannten seine Tochter gar nicht. Ich näherte mich der Haustür, um mir das Klingelbrett anzusehen. R. + J. Jagosch stand da zu lesen. Ich klingelte. Jutta meldete sich. Ich stellte mich als ein Versicherungskunde vor und erfuhr, dass ihr Vater auf einer längeren Dienstreise sei. Dann knackte es auch schon in der Sprechmuschel, Jutta hatte eingehängt. Ich lief die Straße hinunter an dem observierenden Pärchen vorbei zu meinem Auto, das ich in der Seitenstraße abgestellt hatte. Da hörte ich, wie plötzlich der Kleinwagen mit Jutta am Steuer an mir vorbei fuhr. Ich rannte zu meinem Rover, legte einen verkehrswidrigen Alarmstart hin und hing auch kurz darauf am Wagen der Jagosch. Sie führte mich zum Hauptbahnhof. Ihren Wagen stellte sie in der Hochschulstraße ab, wo ich wenige Meter neben ihr auch noch eine Lücke fand. Sie hatte ein kleines Köfferchen bei sich und schien verreisen zu wollen. Erst dachte ich, sie würde nur etwas in einem Schließfach einstellen wollen, aber dann löste sie eine Fahrkarte. Als sie zu den Fernbahnsteigen ging las ich, dass in 20 Minuten der Zug nach Budapest über Prag, aus Berlin kommend, hier eintreffen wird. Auf eine weitere Verfolgung war ich nicht eingerichtet. Stutzig machte mich nur der Umstand, dass sie mit dem Zug und nicht mit dem Auto fuhr. Das sie zu ihrem Vater wolle, stand für mich fest. Nach dem der Zug abgefahren war, rief ich den Hauptkommissar an.

Samstag, 24. mai 2003

Ramona und ich saßen noch beim Frühstück, da summte das Faxgerät. Danach sah ich mir die Meldung an.

Sehr geehrter Herr Kiel,
Ihr Auftrag ist beendet, mein Mann ist reumütig zu mir zurückgekehrt. Fräulein Jagosch ist glücklicher Weise aus dem Leben unserer Familie verschwunden. Auch unser Sohn trägt es mit Fassung. Von dem Verhältnis meines Mannes mit dieser Person haben wir ihm nichts erzählt. Ich danke Ihnen für Ihre Unterstützung. Dank Ihrer Ermittlungen bin ich nicht dumm gestorben, sondern konnte meinem Mann souverän entgegentreten. Das ist es auch, was unsere Ehe wieder stabilisiert hat.
Mit bestem Dank
D. W.

Demnach war seine Tochter bisher noch nicht zurückgekehrt. Seit ich sie auf dem Dresdner Hauptbahnhof in den Zug habe steigen sehen, waren inzwischen über zwei Wochen vergangen.
Mit meiner Vermutung, dass der Ex-Oberstleutnant Richtung Tschechien geflohen sei, lag ich gar nicht so falsch.
 Ich werde als Zweitjob in die Ehe- und Partnerberatung einsteigen, sagte ich und gab Ramona das Fax zu lesen. »Fiel gerade das Wort Ehe?«, fragte Ramona und lehnte sich an mich. Sie schaute mich an und ich sie. Ihr Blick wurde immer tiefer. Ohne noch ein Wort zu sagen, waren wir auf der Couch gelandet. Wollten wir nicht eigentlich

wandern gehen?, ging es mir durch den Kopf, als Ramonas Beine mich umschlangen. Nach einer kurzen Pause machten wir es im Sitzen. Dabei fragte ich sie, ob sie meine Frau werden wolle. Sie lachte und fragte, ob das ein Heiratsantrag gewesen sei. Ich sagte: »Ja, das ist einer«. Sie meinte, dass sie eine solche Zeremonie aus Romanen und Filmen anders in Erinnerung habe.
»Ach«, du meinst so mit Hinknien und Blumenstrauß in der »Hand?«, fragte ich und gab auch gleich die Antwort: »So läuft das nur im Film und im Roman ab. Die Praxis sieht anders aus, wie du siehst.«
Wir entschlossen uns, da es langsam auf Mittag zuging, erst nach dem Essen in die Sächsische Schweiz zu fahren. Von den Schrammsteinen stiegen wir hinunter zur Elbe, um dann am Fluss entlang nach Bad Schandau zu gelangen. Auf der Elbe war reger Verkehr. Lastkähne mit tschechischem Wimpel trieben elbabwärts Richtung Hamburg und mussten dem Gegenverkehr der Weißen Flotte ausweichen. Einer dieser Kähne kam dem Ufer ziemlich nahe. Ich hatte mein Fernglas mit und beobachtete, wie die Mannschaft das Manöver der Begegnung meisterte. Am Heck des Schiffes stand ein Mann und blickte zu uns herüber. Ihn schien das ganze wenig zu interessieren. Die Faszination der Bergwelt hatte es ihm angetan. Ich schaute durch mein Fernglas und erschrak. Es war eindeutig. Dort an der Reling stand Jagosch. Unsere Blicke trafen sich. Instinktiv setzte ich das Glas ab und glaubte schon, erkannt worden zu sein. Was macht dieser Mann auf einem tschechischen Elbkahn? Ich griff zum Handy, aber zwischen den Bergen war der Empfang, wie der Strichcode anzeigte, sehr schwach. Ramona beruhigte mich und meinte, es würde genügen, wenn ich in Bad Schandau die Wasserschutzpolizei anrufe, um ihr mein Beobachtung mitzuteilen. Wie zu erwarten, war es am späten Samstagnachmittag keine einfache Sache,

einem in die Vorgänge nicht eingeweihten Polizisten der Wasserschutzpolizei meinen Verdacht begreiflich zu machen. Erschwerend war auch, dass die Frauenstimme am anderen Ende der Leitung nicht gerade sympathisch klang, sondern schrill und herrisch. Aber nach einem längern Hin und Her, begriff die Polizistin die Zusammenhänge. Als sie aufgelegt hatte, ärgerte ich mich über mein Engagement, das mir wahrscheinlich niemand bezahlt. Ich rief dann auch noch meinen Kollegen Nebel an, der, offensichtlich nüchtern, die Tragweite meiner Beobachtung sofort begriff.

Montag, 26.Mai 2003

Erst ertönte ein Rülpser im Telefon, dann meldete sich ein Mann mit verstellter Stimme: »Hier ist der Geldbriefträger. Herr Kiel wir werden Ihnen eintausend Euro überweisen, steuerfrei wenn es Ihnen recht ist!« Ich lachte und erwiderte: »Es ist mir recht, Valentin.« Trotz der verstellten Stimme hatte ich Valentin Nebel schon am sonoren Rülpser, so eine Art Markenzeichen von ihm, erkannt. Was ich dann in dem zwanzigminütigen Gespräch zu hören bekam, war ein Thriller ersten Ranges: In der Nacht war Nebel (nicht Herr Nebel sondern d e r Nebel) aufgekommen und tauchte die Elbe und ihre Ufer in jene Undurchsichtigkeit, wie sie der Londoner Themse in jedem guten Edgar-Wallace-Film eigen ist. Unter dem, auf die Dresdner Altstadt zielenden, Bogenschützen lauerten zwei Einsatzwagen der Polizei. Der Verkehrslärm auf der Albertbrücke war fast verstummt. Die Polizei verließ sich nicht nur auf ihr Gehör, um das Geschehen auf dem Fluss zu beobachten. Auf einem Stativ stand ein Nachtsichtgerät und spähte in die Richtung aus der man den Lastkahn erwartete. Seit mehreren Kilometern wurde er von einem Boot der Wasserschutzpolizei begleitet. Es blieb immer außer Sichtweite. Je mehr sich der Nebel verdichtete, desto näher rückte es auf. Beide Schiffe hatten das Blaue Wunder unterquert. Bei guten Sichtverhältnissen hätten jetzt die drei Albrechtsschlösser die Flussschiffer mit und ohne Uniform gegrüßt, da setzte das Polizeiboot zum Überholen an. Wenige Minuten später war es auf der Höhe des Bogenschützen angekommen. Im Dunst war nun auch mit bloßem Auge der Scheinwerfer zu erkennen. Außerdem knackte es in den Funkgeräten der Einsatzwagen am Ufer. Die letzten Abstimmungen wurden getroffen, ehe man daran ging, den Lastkahn zu stoppen. Vorschriftsmäßig befolgten die Tschechen die Anweisungen der Wasserschutzpolizei. Doch als der erste Polizist das Deck des Lastkahnes betrat, fielen Schüsse. Vom Nachtsichtgerät aus sah man, wie jemand ins Wasser sprang und schwimmend versuchte, das gegenüberliegende Ufer zu erreichen. Ein Einsatzwagen nahm nun die Verfolgung auf. Da das Geschehen unmittelbar hinter einer Brücke stattfand war es für die Polizei nicht schwer, rechtzeitig am Ufer zu sein. Doch vom Schwimmer war weit und breit nichts zu sehen. Dem Flüchtenden war der Nebel ein willkommener Verbündeter, unerkannt am Ufer zwischen den Bäumen und Büschen ein Versteck zu finden. Die Hoffnung der Polizei, mit einer handvoll Männer die Festnahme zu bewerkstelligen, verrauchte wie der Nebel im morgendlichen Dunst. Auch als man in den frühen Morgenstunden begann, das Gelände weitläufig abzusperren und zu durchkämmen, blieb Jagosch unauffindbar. Der Ex-Volkspolizist kannte seine Pappenheimer und nutze ihre Schwächen schonungslos aus. Da Jagosch durchs Wasser geschwommen war, waren auch die Fährtenhunde machtlos. Bei Tagesanbruch fand man die Stelle wo der Mann aus dem Wasser gekommen war. Die Polizeiführung war drauf und dran ihre Kommandos abzuziehen und eine landesweite Fahndung auszuschreiben. Ein Trupp Bereitschaftspolizisten, voran ein junger Kommissar, lief noch einmal die Gegend ab und traf auf einen Abenteuerspielplatz. Seinen Frust ablassend, sprang der Kommissar auf eine Schaukel. Seine Männer klatschten lachend Beifall. Als er gerade wieder hoch schwang, sah er unter dem Klettergerüst, dem man das Aussehen eines gesunkenen Schiffes gegeben hatte, jemanden hocken. Im nu sprang er von seiner Schaukel und zog die Pistole. Dabei forderte er den Kauernden auf, herauszukommen. Der Mann kam hervor und sprang ihn an. Beide stürzten. Dabei ging die Pistole verloren. Doch der Kommissar hatte sich rasch von seinem Schrecken erholt. Mit ein paar schnellen Griffen kam er fei und stand eher als sein Widersacher. Der Mann in seinen nassen Klamotten hätte sein Vater sein können. Der Kommissar hatte sich auch nicht die halbe Nacht frierend und kauernd verstecken müssen. Damit war der Ausgang des Kampfes entschieden. Dem nächsten Schlag Jagoschs wich er aus. Dann ein kurzer Wutschrei. Es half alles nichts, Jagosch lag mit verdrehten Armen bäuchlings im Sandkasten. Kabelbinder wurden geknüpft und der Einsatzwagen herbeigeholt.

Mittwoch, 28. Mai 2003

Der Weg führte Ramona und mich heute erneut in die Residenzstadt (offizielle Bezeichnung: Landeshauptstadt Dresden). Ramona wollte zu einer Ärztekonferenz und auch ich nahm mir einige Erledigungen vor, für die sonst kaum Zeit blieb. Trotzdem interessierte mich, was aus Jagoschs Tochter geworden war und fuhr nach Löbtau. Was wird aus dem Mädchen?, ging es mir durch den Kopf. Der Vater und auch Herr W. – Senior fallen als Ernährer aus. Langsam fuhr ich an dem Haus vorüber. Hinter ihrem

Kleinwagen stand ein etwas größerer mit dem Stern auf dem Kühler. Ich wendete und fand eine Parklücke gegenüber ihrem Haus. Da ihr Twingo dastand, schien sie zu Hause zu sein. Ich stieg aus und ging hinüber. Die Haustür war wider Erwarten offen (der elektrische Schließer war defekt). Im Haus hörte ich das Getrappel von mindestens vier Beinen, die dem Ausgang zustrebten. Es war die Jagosch in Begleitung eines älteren Herrn, aber es war nicht Herr W. Ich sah, wie beide in den Mercedes einstiegen. Routinemäßig schoss ich schnell noch ein Foto vom abfahrenden Auto. Aus der Begegnung schloss ich, dass die junge Frau offensichtlich für ihr standesgemäßes Überleben bereits selbst gesorgt hatte.

Später erfuhr ich, dass er der Anwalt ihres Vaters war, der sich ihrer angenommen hatte. Da er geschieden war, sind detektivischen Nachforschungen seitens einer Ehefrau nicht zu erwarten. Der Mann muss gut sein, den Jagosch bekam nicht lebenslänglich.

6. Amok

Dienstag, 5. August 2003

»Schulterdurchschuss mit partieller Zertrümmerung des Schlüsselbeins.« So lautet die populärwissenschaftlich formulierte Diagnose meiner Verletzung. Es ist nach der Schießerei der erste Tag, an dem ich wieder schreiben kann, um die Ereignisse zu Papier zu bringen. Der Mann, der mir die Verletzung beigebracht hat, liegt mit Kopfschuss im künstlichen Koma, diesen habe ich ihm verpasst. Wie im freiheitlich bürokratischen Rechtsstaat üblich, warte ich auf die Anklage wegen Notwehrüberschreitung in Tateinheit mit schwerer Körperverletzung. Nicht nur die Verbrecher landen vor Gericht, in vielen

Fällen auch die Geschädigten. Jedenfalls ist meine Pistole, für die ich einen gültigen Waffenschein besitze, immer noch beschlagnahmt. Zugegeben, ich brauche sie nicht. Aber wenn ich unschuldig wäre, hätte man sie mir zurückgeben können. Die ballistischen Untersuchungen sind ja längst abgeschlossen. Vielleicht muss ich sogar froh sein, dass man mir meine Gewerbegenehmigung (bisher) nicht abgenommen hat. Neben Schmerzen und Existenzsorgen sind es diese Probleme, die einem durch den Kopf gehen.

Es war ein lauer Sommertag. Die Hitzewelle war abgeklungen. Nur die Sonne war geblieben. Ich ging durch die Straßen, als ich Schüsse hörte und Schreie. Die Schüsse kamen aus einer automatischen Waffe. Es klang wie aus einer Kalaschnikow, deren Geräusche mir noch aus meiner Zeit bei der Polizei in Erinnerung waren. Dann kamen mir auch schon die ersten mit vor Angst verzerrten Gesichtern entgegen. Sie rannten ohne nach rechts und links zu schauen. Eine Frau hatte ein Kleinkind auf den Armen und stürzte. Ich half ihr auf und beruhigte sie. Von ihr erfuhr ich, dass ein Mann aus einem Haus neben dem Kindergarten wild um sich schießt. Wieder ratterte eine Salve. Die Frau wollte loslaufen. Ich hielt sie fest und sagte:

»Der Mann kann ihnen doch nichts tun. Er ist doch noch in der Wohnung, von der Sie mir erzählt haben.« Dann ließ ich mir noch den Weg zeigen und verabschiedete mich von der Frau. Vorsorglich entsicherte ich meine Waffe. Als ich in die Straße einbog, lag der erste Tote vor mir. Dann sah ich, wie aus dem zweiten Stock eines Hauses auf den gegenüber liegenden Kindergarten geschossen wurde. Als der Mann die Waffe zum Fenster heraushielt, bestätigte sich meine Vermutung, es war eine Kalaschnikow. Wo hat der Kerl bloß die Waffe und die viele Munition her?, dachte ich und schlich mich im toten

Winkel, an die Hauswand gepresst, heran. Endlich hörte man das Martinshorn. Warum, weiß ich heute nicht mehr, ich rannte los, um in das Haus zu kommen. Plötzlich stand der Kerl auf der Straße und rannte in die Gegenrichtung davon. Dann ging alles ganz schnell: Ich schoss in die Luft und forderte zum Stehen bleiben auf. Der Mann stolperte und richtete im Fallen seine Waffe auf mich. Die Einschläge trafen die Hauswand. Ich zielte jetzt direkt auf ihn. Als ich abdrückte, traf mich ein Schlag in die Schulter. Ich fand an der Hauswand Halt. Dann war auch schon der Funkwagen da. Die Polizisten hatten nichts weiter zu tun, als uns die Waffen abzunehmen. Trotz meiner Verletzung konnte ich mich noch ausweisen. Auch die Krankenwagen ließen nicht lange auf sich warten. Die Polizisten vor Ort dankten mir für mein rasches Eingreifen und lobten den sauberen Finalschuss. (Dass es kein wirkliches Finale war, erfuhr ich erst später.)
Seitdem liege ich nun im Krankenhaus, ans Bett gefesselt. Ramona brachte mir regelmäßig die Zeitungen und so erfuhr ich Näheres über den Amokläufer und den ganzen Tathergang.

Donnerstag, 14. August 2003

Seit gestern bin ich wieder zu Hause. Ramona, meine Frau, hat die ambulante Behandlung übernommen. Sie haben richtig gelesen: Ramona und ich wir sind seit Juni ein Ehepaar, haben uns aber entschlossen, dass jeder seinen Familiennamen behält. Ich muss weder meine Briefköpfe ändern, noch braucht Ramona ihr schönes Messingschild an der Haustür abzuschrauben. Es war viel Papierkram liegen geblieben und ich ging daran, meinen Schreibtisch aufzuräumen. Es klingelte. »Überraschung!«, riefen Gerlinde und Valentin im Chor und überreichten mir einen schönen Strauß blauer Rosen. Wie symbolisch von den beiden, b l a u e Blumen zu wählen. (Sie erinnern sich an die Geschichte von der Schnapsleiche.) Valentin Nebel, ein befreundeter Kollege, hatte mich in diesem Fall um Unterstützung gebeten. Ich kam nicht umhin, bei unserer Zusammenarbeit festzustellen, dass er und seine Frau alkoholischen Getränken sehr zugetan waren, um es einmal vorsichtig zu formulieren. – Ich bat sie, einzutreten. Die Überraschung war ihnen gelungen. Glücklicherweise hatte ich einen guten Tropfen im Hause. Als ich die Flasche fragend hochhielt, meinte Valentin nur: »Da sage ich nicht nein!« und Gerlinde nickte zustimmend. Natürlich hatte sich im Kollegenkreis der Schusswechsel mit dem Amokläufer herumgesprochen. Heute war ich es, der einen Auftrag auslöste. Ich bat Valentin festzustellen, wer der Schütze war, und vor allem Entlastungszeugen zu suchen. Ich ahne, dass Polizei und Staatsanwalt von meiner Heldentat nicht sehr erbaut sind und mir versuchen werden, aus meinem engagierten Auftreten einen Strick zu drehen. Dem wollte ich vorbeugen. Valentin und ich handelten einen Freundschaftspreis aus und als die Flasche leer war, verabschiedeten sich die beiden.

Freitag, 05.September 2003

Behörden verfügen über die liebenswürdige Angewohnheit vor allem schlechte Nachrichten ihren Mitmenschen kurz vor dem Wochenende zukommen zu lassen. In einem Brief der Staatsanwaltschaft wurde mir mitgeteilt, dass der Amokschütze Rainer Sonnenschuh, seinen Verletzungen erlag und gegen mich ein Ermittlungsverfahren eingeleitet wird. Dann folgte eine seitenlange Aufzählung von Paragraphen. Dabei handelte es sich hierbei noch

nicht einmal um die Anklageschrift. Die dürfte dann schon den Umfang eines Romans haben. Soweit ist es noch nicht. Ein zweiter Brief vom Gericht besagt, dass eine Rückgabe des Waffenscheines und meiner Waffe per richterlichen Beschluss vorerst nicht erfolgt. (Ich hatte noch vom Krankenbett aus über meinen Freund und Rechtsanwalt Arne Bollhaus die Rückgabe gefordert.) Während ich die Briefe ärgerlich zur Seite legte, kam Ramona ins Zimmer – etwas blass.
»Weißt du schon das Neueste? Ich erhielt gerade einen Anruf aus dem Krankenhaus. Der Amokschütze ist tot. Karl-Heinz rief mich gerade an.« (Dr. Karl-Heinz Mittler ist ein Studienfreund von Ramona und arbeitet im Krankenhaus.) Ich nickte und zeigte ihr das Schreiben des Staatsanwaltes. Als ob Ramona meine Ängste erraten hatte, sagte sie, dass es auf der Intensivstation eine Panne gegeben hätte. Einzelheiten wollte ihr Freund am Telefon nicht nennen. Ich rief der Reihe nach Arne und auch Valentin an. Letzterer sollte herausbekommen, was im Krankenhaus passiert war und Arne informierte ich über die drohenden Wolken, die die Staatsanwaltschaft über mir zusammenschiebt.

Freitag, 19. September 2003

Meiner Schulter geht es wieder gut. Auch die Pfeife schmeckt wieder, nachdem ich die Tabaksorte gewechselt habe. Ich schaue auf meine Uhr es ist kurz vor zehn Uhr. Der Kognak steht bereit. Sie ahnen schon, wen ich erwarte? Richtig – Valentin Nebel mein Kollege und von mir beauftragter Detektiv hat sich angemeldet, um mich von den Ergebnissen seiner Recherchen zu informieren. Zwei Minuten vor um zehn Uhr klingelt es und er steht (noch) nüchtern vor mir. In der Hand eine mittelgroße Reisetasche. Als ich uns einen Kognak einschenken will, winkt er zu meiner Überraschung mit den Worten: »Erst die Arbeit, dann das Vergnügen!«, ab. Er packt ein kleines Diktiergerät und einen Packen Fotos auf den Tisch. Aus dem kleinen Lautsprecher des Diktiergerätes erklang die verzerrte Stimme eines Mannes. Trotz der Verzerrung erkannte ich die Stimme von Hauptkommissar Herker: »Herr Nebel, sagen Sie unserem gemeinsamen Freund Kiel, dass der Amokschütze nicht an der Schussverletzung gestorben ist. Ich habe die Obduktion angeordnet. Alles Weitere erfährt er dann von seinem Anwalt. Ich habe bestimmt schon zuviel gesagt. Sie entschuldigen mich jetzt.« Dann verriet mir mein Freund noch, dass ein Bedienfehler Schuld am Aus des Amokschützen war. Mir konnte das nur Recht sein und um den Kerl, der mindestens fünf Menschen, darunter zwei Kinder getötet und mehrere angeschossen hatte, war es nicht Schade. Ich fragte Valentin, wie er das heraus bekommen hat.

»Ich habe ein bisschen Handwerker gespielt und mich einen Tag im Krankenhaus herumgetrieben. Fällt gar nicht auf und man erfährt in der Kantine und im Aufzug eine Menge. Ich weiß inzwischen auch, dass der Chefarzt, obwohl verheiratet, ein Verhältnis mit einem Zivi hat.« Doch dann wechselte Valentin vom leichten Plauderton zum Flüstern und erzählte mir, wie es wirklich war. Bevor er anfing, machte er eine Geste mit dem Kognakschwenker und ich goss ein.

Schwester Ruth, klein, mit schmalem Gesicht und großen braunen Augen tat Dienst auf der Intensivstation. Valentin erkannte sie wieder, denn ihr hübsches Konterfei war in allen Zeitungen abgedruckt, die über den Tod des Amokschützen in der Klinik berichteten. Daraufhin, von ihm angesprochen, sagte sie ihm unumwunden, dass sie es war, der ihn abgeklemmt habe. »Das Schwein hat es nicht anders verdient«, waren ihre Worte. Dann die trotzige Aufforderung an meinen Freund Nebel, sie doch anzuzeigen. Valentin war ein guter Fragesteller und ein noch besserer Zuhörer und so erfuhr er die Geschichte. Sie fing an, wie viele Liebesgeschichten. Ruth war in das Haus eingezogen, in dem auch jener Rainer Sonnenschuh wohnte und bat ihn um etwas Werkzeug, um ihre Gardinen aufhängen zu können. Rainer half ihr nicht nur beim Gardinen aufhängen – ein Jahr später wurde ihr gemeinsames Söhnchen Carl geboren. Nach einem weiteren Jahr war die Liebe erloschen. Gelegenheitsarbeiter und Krankenschwester in Vollzeit; das ging nicht gut auf die Dauer. Er qualifizierte sich zum Stalker – Ruth zog mit ihrem Sohn aus. Rainers zwielichtige Geschäfte brachten es mit sich, dass er oft nicht da war und die beiden Ruhe vor ihm hatten. Erst als Rainer merkte, dass ein neuer Mann in Ruths Leben und in ihre Wohnung einzog, verstärkte er seine Störaktionen. Höhepunkt war der bewaffnete Überfall auf den Kindergarten, den sein Sohn Carl besuchte. Auf Valentins Frage, woher er denn die Maschinenpistole habe, meinte Ruth, dass er vermutlich in Waffenschiebergeschäfte verwickelt sei, denn er habe in der letzten Zeit plötzlich Geld gehabt. Auslöser seines Amoklaufes war wahrscheinlich Ruths Ablehnung, zu ihm zurückzukehren, nachdem er ihr demonstrativ ein Bündel Euroscheine vorlegte.

Nun war ich, der Fragen hatte: »Weiß das alles die Polizei? Hat sich die Krankenschwester inzwischen gestellt?« Nachdem sich Valentin noch einmal nachgegossen hatte (ich hatte inzwischen einen vorzüglichen Riesling aufgemacht), winkte er verneinend ab und sagte: »Die Krankenschwester hat das so geschickt hinbekommen, dass man tatsächlich an einen technischen Defekt glaubt. Ich habe ihr abgeraten, sich zu stellen. Wem wäre denn geholfen, wenn sie in den Knast müsste?« Valentin erzählte weiter, dass er ihr angeboten habe, sich jederzeit bei ihm auszusprechen, denn sie müsse lernen, dieses Geheimnis wirklich für sich zu behalten. Lebensgefährte, Eltern und andere Verwandte sind keine geeigneten Partner für eine Beichte. Außerdem, je mehr davon wissen, desto größer die Gefahr, dass es auch die Polizei erfährt. »So, nun hast du mich gewissermaßen zum Mitwisser gemacht«, stellte ich fest und goss mir auf diesen Schreck hin noch einen Kognak ein. Nachdenklich stand ich auf und ging zum Fenster. Es wurde Zeit, dass frische Luft ins Zimmer kommt, nachdem ich bereits die dritte Pfeife in einer Stunde geraucht hatte. Ich schaute auf einen sonnigen Herbsttag. Wir schwiegen und hingen unseren Gedanken nach. Waren Valentin und ich nicht Mitwisser eines Verbrechens geworden? Dürfen wir schweigen? Als ich mich umdrehte, sah ich, dass Valentin die leere Weinflasche in der Hand hielt. Ich holte eine neue aus dem Keller. Inzwischen war es bald Mittagszeit. Auch in Ramonas Arztpraxis war bald Pause und die drei Frauen kochten sich meist etwas Gutes. Ich fragte telefonisch in der Praxis an, ob wir beide uns bei ihnen einladen dürfen. Die etwas vorlaute Schwester Bärbel meinte, dass wir nur geduldet seien, wenn wir eine spannende Detektivgeschichte zu erzählen hätten. Ich versprach es. In zwanzig Minuten sollen wir kommen. Vorher entkorkten wir noch eine neue Flasche. Nachdem Valentin genussvoll schlürfend einen Zug aus seinem Glas genommen hatte, wischte er meine Bedenken bezüglich einer Mitwisserschaft beiseite: »Wie oft hast du schon von Dingen erfahren, die ungesetzlich waren? Und – hast du das jedes Mal der Polizei gemeldet?« Ich erwiderte, dass es hier nicht um ein Wald-und-Wiesen-Delikt geht, sondern um Mord. »Wieso Mord?«, frage er provokativ und legte nach: »Kennst du den Obduktionsbefund« Vielleicht wollte sich die Kleine bloß wichtig machen? Selbst wenn Ruth die Nerven verlöre, zur Polizei ginge und mich als Mitwisser nennen würde, glaube ich, nicht belangt zu werden und du überhaupt nicht. Bisher haben alle Gespräche nur unter vier Augen stattgefunden. Jeder kann alles abstreiten.« Wir wurden zum Mittagessen gerufen. Die Frauen hatten einen vorzüglichen Gulasch gekocht, dazu gab es Böhmische Knödel. Valentin revanchierte sich mit einer Kriminalepisode, auf die Schwester Bärbel sehsüchtig wartete:

Ein Ehepaar findet in einem verlassenen Haus eine Frauenleiche. Sie ist noch warm, dass Messer steckt noch in der Brust der Toten. Die Ehefrau klammert sich erschrocken an ihren Mann und flüstert: »Was machen wir, wenn der Mörder noch da ist? Wir sind doch ganz allein!« Der Mann erwidert: »Wenn er noch da ist, mein Schatz, dann sind wir ja nicht allein.«

Während meine Frau nur belustigt auf Valentin schaute, bekam Bärbel fasst einen Lachkrampf. Mein Freund hatte mit diesem Episödchen offensichtlich Bärbels Nerv getroffen. Angelika, Ramonas Sprechstundenhilfe, fragte nur kurz, wer denn nun der Mörder war. Valentin, wieder ernst, berichtete, dass man den neuen Freund der Toten als Täter ausfindig gemacht habe. In der Küche fehlte ein Messer und man fand seine Fingerabdrücke auf der Klinge. Valentin war von der Versicherungsgesellschaft mit Recherchieren beauftragt worden, weil der Witwer die Auszahlung der Lebensversicherung beantragt hatte. Die Frauen waren sichtlich beeindruckt und ich hatte dass Gefühl, dass zu mindestens Angelika und Bärbel, ihren oft anstrengenden aber doch normal verlaufenden Berufsalltag etwas bedauerten. Ramona war durch mich soweit Insiderin, dass sie wusste, dass auch die Detektivarbeit oft wenig mit Spannung und Romantik zu tun hat und, wie in meinem jüngsten Fall, oft lebensgefährlich sein konnte.

Donnerstag, 16. Oktober 2003

Leichten Herzens betrat ich das Kommissariat. Hauptkommissar Herker war nicht da. Vom Gericht hatte ich gestern Post bekommen, das Verfahren gegen mich wurde eingestellt und ich erhalte meine Pistole zurück. Nun war ich gekommen, um meine Waffe wieder in Empfang zu nehmen. Ich erkundigte mich, Interesse vorspielend, nach dem Stand der Ermittlungen. Zu meiner Freude erfuhr ich, dass das gesamte Verfahren nach dem Tod des Amokschützen eingestellt worden war. Ich drückte insgeheim die Daumen für Ruth, der mir unbekannten Krankenschwester, und wünschte ihr ein in Zukunft etwas sorgefreieres Leben mit ihrem Sohn an der Seite eines vernünftigen Mannes. Ich plauderte mit dem Oberkommissar noch über ein paar Belanglosigkeiten, dann ging auch ich wieder und war zufrieden.

Nachtrag:
Valentin teilte mir mit, dass Schwester Ruth mit ihrem Sohn und Lebensgefährten Deutschland verlassen hat, um sich im Ausland (Valentin sprach von Norwegen) eine neue Existenz aufzubauen. Meine eigenen Verletzungen sind ausgeheilt und ich kann meinen Arm wieder bewegen und, wenn es sein muss, auch wieder treffsicher schießen.

Das apokalyptische Karussell oder wie küsst man seine Lehrerin

Der Lehrgang

»Hier, Herr Weber, schauen Sie da mal rein. Sie sollten daran teilnehmen«, sagte mein Chef und wollte gerade den Raum verlassen. Da fiel ihm ein, dass er noch nicht einmal Guten Morgen gesagt hatte. Er bremste ab, machte eine militärisch fasst korrekte Kehrtwendung und gab mir die Hand. Nun ging er tatsächlich.
Ich war sauer. Ich kann es nicht leiden, wenn man mich früh, noch bevor man richtig am Arbeitsplatz angekommen ist, angeht. Das gilt für Anrufe, aber noch mehr für irgendwelche Überfälle oder Anliegen von Kollegen oder dem Chef. Ich warf nur einen kurzen Blick auf das Papier ohne wirklich zu begreifen, um was es sich handelt. Erst legte ich in Ruhe meinen Mantel ab, ging zum Spiegel, um meine Haare zu kämmen (es werden sowieso immer weniger) und warf die Kaffeemaschine an. Ich tat das, was ich jeden Morgen zu tun pflegte. Während der Kaffee noch gluckerte, galt ein prüfender Blick dem Grünzeug, ich prüfte die Feuchtigkeit der Erde und wischte mir die Finger an einem Papiertaschentuch ab. Eigentlich stehen die Pflanzen immer im Weg, wenn man etwas ablegen will oder in einen Ordner schauen muss. Aber meine

Kolleginnen haben mich überzeugt, dass die Grünpflanzen gut für die Büroluft seien. Außerdem wollen die Frauen mit Gießen, Düngen, Absenker ziehen etwas Kreatives machen, was im Gegensatz zu der alltäglichen Büroarbeit steht. Irgendwo habe ich einmal gelesen, dass Zimmerpflanzen einen positiven Einfluss auf das Betriebsklima hätten. Gemeint war nicht nur die chemische, sondern auch die soziale Komponente.

Während ich den heißen Kaffee vorsichtig schlürfe, werfe ich einen Blick auf die mir übergebenen Lehrgangsmaterialien. Eine neue Softwareversion mit dem Titel:
KON 8.15 der Konverterkonfiguration mit integrierter Störmodulation
Lektor: Frau Dr. Jana Schubert

Neben einem Inhaltsverzeichnis, gekoppelt mit dem Stundenplan enthält die Mappe noch ein schulheftgroßes Lehrbuch. Es erinnerte mich eher an die Gebrauchsanleitungen für verschiedene Haushaltgeräte. Der Unterschied, es war nur in deutscher Sprache unter Einbindung der englischen Fachbegriffe geschrieben. Bei den meist mehrseitigen Gebrauchsanweisungen dagegen findet man den deutschsprachigen Teil meist zwischen hebräisch und griechisch auf den Seiten 76 bis 82 eingezwängt. Positiv an der Lehrgangsofferte war der Umstand, dass der Unterricht als Wochenlehrgang in einem Schloss im Erzgebirge stattfinden wird und die Firma die Kosten in dreistelliger Höhe zu tragen bereit ist. Bis zum Lehrgangsbeginn sind es noch 14 Tage.

»Der Mai ist gekommen.« Das Volkslied von den ausschlagenden Bäumen geht mir durch den Kopf und erinnert an vergangene Kindheitstage und den langweiligen

Musikunterricht bei Fräulein Wurz. Ich habe die Stadt hinter mir gelassen und der Passat dröhnt den Berg hinauf. Auch der Motor scheint die warme Frühlingsluft zu genießen. Wieso erinnere ich mich an diesem schönen Frühlingstag und beim Anblick miniberockter junger Frauen, die an den Bushaltestellen warten, ausgerechnet an diese Nebelkrähe von Musiklehrerin, mit der ich häufig Zoff hatte. Ich überlege, wie alt diese Lehrerin damals war. Als Kinder erscheinen einen die Erwachsenen ohnehin älter als sie sind. Aus heutiger Sicht betrachtet, schätzte ich die Frau auf Mitte vierzig – damals. Ihr altjüngferlicher Habitus trug auch nicht gerade dazu bei, sie jünger erscheinen zu lassen. Aus dem Autoradio erklingen Hits, die einen die langweiligen Frühlingslieder aus der Schulzeit vergessen lassen. Nun durchfahre ich erwartungsfroh das Burgtor und schwenke auf den Parkplatz ein. Mit meiner Reisetasche über der Schulter und dem Aktenkoffer in der Hand steuere ich auf die Tür mit der Aufschrift RECEPTION zu. Vor dem Tresen hockt ein Mann und wühlt in seiner Tasche. Den kenne ich doch! Halblaut rufe ich:»Rudi?« Der Mann dreht sich um. Tatsächlich es war mein Studienfreund Rudolf Balzer. Es folgen die üblichen Begrüßungsfloskeln »Altes Haus wie geht es? Lange nicht gesehen! Was machst du so?« Nur auf die Feststellung: »Du bist aber groß geworden!«, wurde verzichtet. Bei der Schlüsselübergabe stellen wir fest, dass unsere Zimmer schräg gegenüber liegen. Im Vortragssaal sitzen wir nebeneinander.

Mein Zimmer gewährt mir einen Ausblick auf den Hof mit dem Parkplatz. Das finde ich beruhigend, wenn man ab und zu einen Blick auf sein Auto werfen kann. Ein bordeauxroter BMW stellt sich in die Lücke neben meine stahlgraue Limousine. Ich warte, um zu sehen wer aussteigt. Es ist eine Frau im Hosenanzug. Nachdem sie die Kofferklappe geöffnet hat, nimmt sie etwas aus ihrer Jackentasche und steckt es sich in den Mund. Dabei schaut sie prüfend auf die Schlossfassade. Während andere Besucher und Gäste ohne nach rechts und links zu schauen gerade zu auf den Eingang zu steuern, lässt die Frau erst einmal die Kulisse des Schlosses auf sich wirken, ehe sie den Weg zur Rezeption einschlägt.

Am Nachmittag stellt sich der Kastellan vor und erzählt uns etwas über das Schloss und vor allem darüber, was verboten ist. Aus dem Stil seiner Rede schließe ich, dass hier in der letzten Zeit öfters Jugendliche zu irgendwelchen Feten das Hotel gebucht hatten. Einige der Verbote waren doch etwas infantil: nach 22:00 Uhr hat jeder auf seinem Zimmer zu sein, Mädchen und Jungen schlafen getrennt (Gelächter), Kaugummis gehören nicht unter die Tischplatten, Fußballspielen im Park verboten usw., usf. Meinem Freund Rudi wird es zu bunt und er fragt sarkastisch an, ob man die Toiletten ohne Voranmeldung benutzen dürfe und wer die Kontrolle darüber ausübe, dass abends ordentlich Zähne geputzt werden. Der Verwalter merkt, dass er offensichtlich über das Ziel hinausgeschossen ist und bittet die Hausordnung, die in jedem Zimmer aushängt, selbst zu lesen. Dann macht er das Beste was er noch tun kann: er schweigt. Nun stört er nicht mehr und wir können in Ruhe Kaffeetrinken. Danach gehen Rudi und ich durch den Park. Auf einem Stück freier Fläche, die zwischen den Bäumen vom Schloss aus nicht eingesehen werden kann, liegen zwei Ziegelsteine auf der Wiese so nebeneinander, dass es wie eine Torbegrenzung aussieht. Wir lachen. Wir sehen uns an und ich frage meinen Freund:

»Waren wir früher anders?« Nachdem bestimmt verbotenen Abstecher ins Grüne kehren wir auf den Parkweg zurück. Da kommt uns plötzlich die Frau entgegen, die ich von meinem Zimmer aus gesehen hatte. Wir grüßen. Sie sieht für ihr Alter nicht übel aus, stelle ich fest. Sie ist bestimmt schon über die Fünfzig, trägt schulterlanges graues Haar mit einem Rest blonder Strähnen darin. Sie hat graublaue Augen, die mir auffallen, obwohl ältere reife Damen bisher nicht mit meiner sonderlichen Aufmerksamkeit rechnen durften.

Rudi scheint meinen Gedanken aufzugreifen und beginnt ein Gespräch: »Wie finden Sie die fantastischen Rotbuchen?« Die Frau lächelt und meint offenherzig, dass sie eine typische Fachidiotin sei. (Sie sagte tatsächlich Fachidio t i n !) Sie verstehe etwas von Software, aber was Bäume beträfe, könne sie gerade einmal zwischen Laub- und Nadelbäumen unterscheiden.

»Ich wäre für Sie, meine Herren, höchstens eine aufmerksame Zuhörerin aber keine geeignete Gesprächspartnerin«, meint sie und will weitergehen. Na Rudi, wie kommst du da raus? denke ich. Zu meinem Erstaunen versteht er tatsächlich etwas von Parks und Bäumen und wir hören gemeinsam zu, wie er über den vor uns liegenden Park referiert. Ohne sich vorgestellt zu haben bedankt sich die Dame und geht allein weiter. Auf meine Frage, woher er seine Fachkenntnisse habe, meint er nur, dass er im Jagdverein sei und dass zur Jägerprüfung auch forstwissenschaftliche Kenntnisse erforderlich seien. Beim Abendbrotessen halte ich nach ihr vergeblich Ausschau. Später stelle ich fest, dass ihr BMW nicht mehr da steht.

Als wir am nächsten Vormittag in den Hörsaal einrücken, steht auf dem Tisch für den Lehrer nur ein Schild mit dem Namen der Dozentin: *Frau Dr. Jana Schubert*. Aus dem Vornamen schließe ich auf eine jüngere Frau, so zwischen dreißig und vierzig. Umso erstaunter bin ich, als plötzlich unsere gestrige Begegnung aus dem Park vor uns steht, kurz grüßt und Platz nimmt. Wie meist bei solchen Lehr-

gängen üblich, preist der Lehrer erst einmal sich an und stellt seinen Lebenslauf vor, um den nötigen fachlichen Respekt bei seinen Hörern zu erzeugen. Ihr Anfang dagegen gestaltet sich völlig unorthodox:
»Meine Damen und Herren, warum sind Sie hier?« Das war ihr erster Satz und dann referiert sie über den Sinn und Zweck dieser Weiterbildung. Man merkt, die Frau weiß, von was sie spricht. Der Auftakt gefällt mir. Ich erinnerte mich an meine Studienzeit. Viele Professoren und Dozenten machten uns in ihren Vorlesungen mit der fachlichen Materie ihres Fachgebietes vertraut ohne jedoch auf das W a r u m einzugehen. Die Frage, zu was brauche ich dieses jeweilige Wissen für meine Ausbildung wurde häufig nicht beantwortet. Ohne laut zu werden spricht sie ein bühnenreifes Hochdeutsch und man verstand jedes ihrer Worte. Der Zwischenruf: »Bitte etwas lauter!«, der bei mancher Dozentin oder auch bei manchem Herren am Pult erforderlich ist, unterbleibt. Dann bedankt sie sich noch mit einem leicht-ironischen Unterton für die qualifizierte Führung durch den Schlosspark, den zwei Herren gestern so liebevoll und uneigennützig übernommen hätten.
Nach dem ersten neunzigminütigen fachlichen Feuerwerk, das über uns niederging, macht sie pünktlich Pause. Umso strafender ihr Blick auf jene, die erst nach zwölf, statt nach zehn Minuten wieder im Hörsaal erscheinen. Sie ist eine Dozentin alter Schule. Laptop und Beamer setzt sie nur äußerst sparsam ein. Wahrscheinlich hat sie auch einmal etwas von der Entwicklung eines Tafelbildes gehört. Denn die Wandtafel ist ihr Hauptinstrument. Die so genannte Folienpädagogik ist ihr fremd. Nur wenige Grafiken lässt sie während des Lehrganges über den Beamer laufen. Meistens korrespondieren die Schemata mit denen in unseren Lehrgangsmaterialien und sie blendet sie nur zum besseren Verständnis ein, wenn sie

diese erklären will. Der Vormittag gehört in der Regel der Stoffvermittlung, während die Nachmittage den Übungen vorbehalten bleiben. Die Übungen vermittelt uns ein junger Mann, ein gewisser Herr Hauptvogel. Nur am letzten Donnerstag übernimmt Frau Dr. Schubert die Übungen am Vormittag und die Vorlesungen bei besagtem Herrn Hauptvogel finden am Nachmittag statt.

An diesem Donnerstag während der Übungen, die Jana (Rudi und ich nennen sie nur beim Vornamen) moderiert, erinnerte ich mich meines alten Hobbys – zeichnen. Ich bin ein guter Porträtmaler, und im Karikieren habe ich mich auch schon versucht. Ich nehme meinen Zeichenstift und setze mich so, dass ich hinter meinem Vordermann in Deckung liege. Vorzeitig bei meinen nicht ganz fachbezogenen Aktivitäten will ich von ihr nicht erwischt werden. In der Schulzeit hätte ich mir für mein Tun bestimmt einen Klassenleitertadel eingefangen. Erst versuche ich sie in ganzer Größe abzubilden. Es bleibt aber dann doch nur bei einem Porträt im Halbprofil. Die Augenpartie gerät etwas zu groß. Auch mit Falten habe ich gespart, so dass sie etwas jünger wirkt, als sie es tatsächlich ist. Man kann einen Menschen mit seinem Abbild diskriminieren, aber auch komplimentieren. Goya ist ja bei dem Gemälde der spanischen Königsfamilie mit seiner hart an der Karikatur vorbeischlitternden Darstellung in die Kunstgeschichte eingegangen. Janas Marotte, beim Dozieren immer einen Stift längere Zeit an den linken oder rechten Nasenrücken zu halten, habe in das Bild mit aufgenommen. Man sieht nur die rechte Hand und dann einen Bleistift, den sie an die Nase hält. Ich zeige mein Werk Rudi. Er betrachtet es ausgiebig und flüstert, als er es mir zurückgibt: »Ein gezeichnetes Liebesgedicht.« Ich nicke ärgerlich ab und erwidere: »Für eine Liebeserklärung muss eine Frau mindestens zehn Jahre jünger sein!« In der Pause lege ich das Blatt

mit dem Porträt nach unten auf ihren Tisch. Ich habe es mit meinen Insignien *F. W.* und dem Datum versehen, so dass es keine anonyme Botschaft bleibt. Zu Beginn der nächsten Stunde müssen wir einen fiktiven Situationsbericht verfassen. Im Unterrichtsraum herrscht so etwa die Atmosphäre, wie früher im Klassenzimmer beim Schreiben eines Aufsatzes. Jana sitzt vorn und sortiert ihre Papiere. Verstohlen, aus den Augenwinkeln beobachte ich ihre Reaktion, als sie mein Blatt findet. Sie lässt mich ungewollt zappeln. Es vergehen Minuten, ehe sie es in der Hand hält. Sie zuckt leicht zusammen und ich glaube, sie wird rot. Mit der Hand vor dem Mund, versucht sie ein Lächeln zu verbergen. Sie erkennt meine Signatur und schaut nur ganz kurz zu mir. Dann steht sie langsam auf und beginnt einen Rundgang durch die Klasse. Bei uns Erwachsenen geht es jetzt nicht anders zu, als bei den Kindern in der Schule. Es werden flüsternd Fragen gestellt und ebenso leise beantwortet. Dann steht sie neben mir, legt ihre Hand auf meine Schulter und kommt mit ihrem Kopf sehr nah an den meinen, so dass ich ihr Haar nicht nur spüre, sondern auch riechen kann.
»Der Geruch ihres Haares bringt mich fasst um den Verstand«, hätte ich vielleicht als zwanzigjähriger geschrieben. Ganz so tragisch ist die Situation heute nicht mehr. Es wäre aber gelogen, zu behaupten, dass mich ihre Berührung und der Duft ihres Haares völlig gleichgültig lassen.
»Sie sind nicht zum Malen hier, Herr Weber! Ich überlege mir ernsthaft, Ihnen eine Missbilligung auszusprechen. Um es kurz zu machen – Betragen vier, zeichnen eins.« Sie geht weiter und spricht noch kurz mit Rudi. In der Pause will ich mich eigentlich nur entschuldigen, doch als ich ihre vor Empörung, Ärger oder sonstigen Gefühlen übergroßen dunklen Pupillen sehe und die aufsteigende Röte in ihrem Gesicht bemerke, lade ich sie

für den Nachmittag kurzer Hand zum Kaffeetrinken nach außerhalb ein, denn für den Abend ist die Abschlussfeier geplant.
»Das ist keine gute Idee! Klopfen Sie um vier Uhr an mein Zimmer. Wir nehmen Ihr Auto, Frank.« Nun bin ich der überraschte. Eigentlich habe ich mich auf eine Ablehnung vorbereitet und war nur neugierig, wie sie diese formulieren wird. Ich habe heute offensichtlich meinen Keinen-guten-Ideen-Tag. Jetzt wird mir etwas warm. In der Herrentoilette schaue ich prüfend in den Spiegel: Nein, ich werde nicht rot.

In einer kleinen Konditorei ...

Eine Verballhornung des alten Schlagers geht mir durch den Kopf, während ich meinen Wagen hinunter ins Städtchen lenke. Ich pfeife die Melodie vor mich hin. Jana fragt mich, ob ich auch den Text kenne. Ich singe ihr die m i r bekannte Fassung vor:

> In einer kleinen Konditorei,
> da saßen wir zwei und soffen für drei.
> Und das elektrische Klavier
> klimperte viel zu leise,
> so eine Sch....

Sie lacht frei und unbekümmert. Dann greift sie mir in die Haare, zieht strafend daran und fragt, ob ich jemals erwachsen würde. Ich sage nichts, sondern zucke nur mit den Schultern. Wir finden tatsächlich im Stadtkaffee eine Lokalität, die dem adäquat ist, was der Schlager verspricht: Marmortischchen, verglaste Trennwände mit Jugendstilmotiven geätzten Glasscheiben und an Messingstangen mit gold leuchtenden Ringen des gleichen

Materials befestigte Samtvorhänge vor Fenster und Türen. Der Kaffee scheint auch noch »Friedensware« zu sein. Jedenfalls hebt er sich wohltuend von der Flüssigkeit ab, die man gemeinhin aus Getränkeautomaten bekommt. Auch die Tatsache, dass der Kaffee in Porzellantassen und nicht aus dünnen Plastebechern gereicht wird, an denen man sich regelmäßig die Finger verbrennt, trägt zum Genuss bei.

Kurz vor um sechs Uhr tippt Jana auf das Glas ihrer Armbanduhr. »Wir müssen gehen. Die Abschlussveranstaltung erwartet uns.« Bevor wir in den Wagen steigen, fragte ich sie, ob sie mit bei uns sitzen wolle. »Meinst du zwischen dir und Herrn Balzer?« »Ja«, sage ich und erzähle ihr, dass wir Studienfreunde waren. Bevor wir starten beuge ich mich zu ihr hinüber und küsse sie. Wie wohltuend! »Musste das sein?«, fragt sie, ohne eine Antwort von mir zu erwarten. Schweigend fahren wir hinauf zum Schloss. Unterwegs fällt mir ein, dass wir überhaupt nichts Privates miteinander gesprochen haben. Wir kennen nicht unseren Familienstand. Auch über Kinder ist kein Wort gefallen. Beim Aussteigen meint sie rückblickend:

»Ich habe dich mir anders vorgestellt!« Wie, erfahre ich nicht.

Rudi läuft uns kopfschüttelnd über den Weg. Er ist schon fertig umgezogen. Ich bitte ihn, für uns zwei Plätze freizuhalten. »Wird gemacht!«, meint er lachend. Die Diskothek steht unter dem Motto: *Man müsste nochmals zwanzig sein!* Schlager aus den 1980er Jahren sind angesagt. Je später der Abend, desto Rodger Whitaker und Andy Borg. Jana tanzt nun keineswegs nur mit mir. Erst nach Mitternacht haben sich feste Pärchen konstituiert. Mein Freund Rudi hat sich zu den bekennenden Alkoholikern gesellt, wie er sein Engagement an der Bar am nächsten Tag scherzhaft umschreibt. Einige Frauen haben es vorgezogen, noch vor Beginn des neuen Tages ihr Zimmer aufzusuchen. Sie sind für die Menschheit verloren, wie Herr Hauptvogel, Janas Lehrerkollege tief schürfend mit lallender Stimme feststellt. Er hat sich in eine Dreißigjährige aus Berlin verguckt. Um nicht Gefahr zu laufen, mit Herbert (so heißt der Hauptvogel) im Bett zu landen, hat sie es vorgezogen, rechtzeitig zu verschwinden. Apropos Bett – auch Jana gibt mir beim letzten Tanz zu verstehen, dass sie allein zu schlafen wünsche. Mir liegt schon eine anzügliche Erwiderung auf den Lippen. Als ob sie meine Gedanken erraten hätte, streichelt sie mir leicht über mein Gesicht und meint, ich solle nicht traurig sein. Gehorsam nicke ich bejahend. Ich erkenne mich selbst nicht wieder. Jede andere Frau hätte eine unpassende Antwort bekommen. Bei ihr schweige ich. Zum Dank für mein Verständnis sagt sie nur: »Wir bleiben doch in Verbindung! Nicht war Frank?« Inzwischen ist es Freitag, Lehrgangsende, der Tag der Abreise ist gekommen. Ich bin gerade fertig mit Packen, da klopft es. Jana kommt herein. Sie wolle ihr Versprechen einlösen und überreicht mir zwei Visitenkarten, eine Karte ihrer Firma, die andere mit ihrer Privatadresse und privatem Telefonanschluss. Als ich die Karte lese, machte ich einen innerlichen Luftsprung. Wir wohnen in der gleichen Stadt, zu Fuß nur eine halbe Stunde auseinander. Da ich nicht so etwas Vornehmes wie Visitenkarten besitze, reiße ich einen Zettel aus meinem Notizbuch. Ich besitze nur die Visitenkarte des kleinen Mannes : Adressenaufkleber in Goldschrift. Meine Telefonnummern schreibe ich ihr darunter. Als sie meinen Zettel liest, lacht sie und meint, auf unseren gemeinsamen Wohnort anspielend: Na wenn das so ist, treffen wir uns gleich am Dienstag im Stadtkaffee. Ich stimme zu. Unser Stadtkaffee war zu DDR-Zeiten die HO-Gaststätte *Stadtcafe*. Heute hat eine Bäckereikette das Lokal übernommen, renoviert, ihr den

Namen *Milano* gegeben und es im italienischen Stil ein- und ausgerichtet. Aber wir Alteingesessenen sprechen immer noch vom »Stadtcafe«. Obwohl ich die Frage nach ihrem persönlichen Umfeld bis zum Dienstag zurückstellen will, frage ich sie trotzdem, ob sie familiäre Schwierigkeiten bekäme.
»Nein«, sagte sie und ich war nicht viel klüger als vorher. Ich als frisch geschiedener, wieder in die familiäre Freiheit entlassener erwidere kurz. »Ich auch nicht«.

Am Montag zeigt der Schreibtisch das übliche Bild, wenn man eine Woche nicht da gewesen ist. Unterschriftsmappen, Wiedervorlagen, Umläufe und Rundschreiben liegen bunt durcheinander. Ich wäre am liebsten wieder gegangen. Als ich die Rundschreiben sehe fällt mir der Witz eines Astronauten ein, der behauptet, dass die Erde aus 300 Kilometer Höhe eine Ähnlichkeit mit dem Saturn habe. Der Ring um unsere Erde rühre von den zahlreichen Rundschreiben her. Aber witzig war es mir nicht zumute. Ich habe schon den Hörer in der Hand, um Jana anrufen, ich möchte mich ausweinen, unterlasse es aber. Ich will ihr nicht auf die Nerven fallen und beginne langsam den Papierkram zu sortieren. Das einzig Gute war: es klingelt kein Telefon und niemand will was von mir. Erst nach einer halben Stunde guckt Sonja vorbei. Sie grüßt und ich grüße lächelnd zurück.
»Wie war es? Fühlst du dich jetzt schlauer?«, fragt sie spitzbübisch. Ich bitte sie Platz zu nehmen und erzähle ihr etwas vom Lehrgang, sie hört aufmerksam zu. Obwohl sie heute einen Minirock trägt, kümmert mich das wenig. Ich ertappe mich dabei, dass ich kein einziges Mal an sie gedacht hatte. Sonja, allein erziehende Mutter von zwei achtjährigen Zwillingsjungen hat in der letzten Zeit, als meine Scheidung allmählich publik

wurde, den Kontakt zu mir gesucht. Ich würde lügen, wenn ich behaupte, dass ich mich in ihrer Gegenwart nicht wohl gefühlt hätte. Ein privates Rendezvous war erst in der Woche vor dem Lehrgang zustande gekommen. Ihr regelmäßiger Blick auf die Uhr und der Hinweis, dass sie halb acht die Jungs bei ihren Eltern abholen müsse, lies keine rechte Stimmung aufkommen. Sonjas Abschiedskuss an diesem Abend fiel entsprechend flüchtig aus. Die Frage, ob ich als Vater eines bereits verheirateten Sohnes in Erwartung von Enkeln noch einmal zwei halbwüchsige mit großziehen möchte, habe ich mir bisher noch nicht gestellt. Und so bleibt es jetzt hier im Büro bei dieser unverbindlichen Plauderei. Vielleicht hat Sonja gehofft, dass ich mich erneut mit ihr verabrede. Ich unterlasse es. Als sie weg ist, bereue ich es etwas.
Warum nicht zwei Eisen im Feuer haben, denke ich und sehe Jana wieder vor mir. Warten wir den Dienstag ab, nehme ich mir vor und lege das Kapitel Sonja erst einmal ad acta. Ich schaue auf die Uhr. Es ist gleich Mittag. Mein Schreibtisch sieht jetzt wieder aufgeräumt aus und ich habe mir alles nach Terminen geordnet, Wichtiges von Unwichtigem getrennt, aber substanziell noch nichts gemacht. Nach dem Essen werde ich damit anfangen (mit dem Nichtsmachen). Das Telefon klingelt. Ärgerlich hebe ich ab, denn ich war gerade dabei, essen zu gehen. Jana ist dran. Sie wolle bloß prüfen, ob die genannte Telefonnummer stimmen würde. Als ich wieder auflege, sind zwanzig Minuten vergangen. Ich schüttele über mich oder besser über uns den Kopf. Was habe ich meinem Jungen immer für Vorhaltungen gemacht, wenn er früher mit seinen Freunden und vor allem Freundinnen stundenlang telefonierte. Und was machen wir? Jana und ich sind zusammen über 100 Jahre alt und benehmen uns wie Teenager. Im

Nachhinein vergleiche ich die Gespräche mit Jana und Sonja miteinander. Bei Sonja hätte ich überhaupt nicht gewusst, was ich die ganze Zeit hätte sagen sollen.
Der Dienstag vergeht überhaupt nicht. Die Dienstberatung kommt mir noch langweiliger vor als sonst. Als ich aufgerufen werde, kurz etwas über den Lehrgang zu sagen, mache ich tiefschürfende Ausführungen und lobe vor allem die hohe Qualität des Lehrkörpers und deren methodisch fundiertes Herangehen an die komplexe Materie des Lehrstoffes. Ich drücke mich tatsächlich so geschwollen aus, weil mein Chef solche Phrasen liebt. Nachdem er mir für meine lichtvollen Ausführungen gedankt hat, ohne zu vergessen, mich daran zu erinnern, bis nächste Woche einen schriftlichen Bericht vorzulegen, döse ich wieder vor mich hin. Die Dienstberatung wird nach der Mittagspause fortgesetzt. Ein fasst epidemisches Schlafbedürfnis macht sich breit, als der Justitiar uns mit neuen Gesetzten und Verfügungen konfrontiert.
Es ist fünf Minuten vor der verabredeten Zeit. Ich habe in nur fünfzig Meter Entfernung vom Stadtkaffee eine Parklücke gefunden und begebe mich raschen Schritts zum vereinbarten Ort. Da sehe ich Jana, wie sie ebenfalls zügig die Straße überquerend auf mich zukommt. Während sie noch vorbildlich nach links und rechts schaut, gibt sie mir durch Handzeichen zu verstehen, dass sie mich erkannt hat. Wir begrüßen uns herzlich aber förmlich, ehe wir das Lokal betreten. Wenn einem von uns ein Privatdetektiv gefolgt wäre, er könnte seinem Auftraggeber lediglich von unserem Treffen berichten. In einschlägigen Telenovas begrüßen sich die heimlich Verliebten immer durch stürmische, von Küssen begleitete Umarmungen auf offener Straße, so dass es j e d e r mitbekommt, was die beiden verbindet. Im Lokal sitzen wir zwar am Fenster, aber mit Blick zum Garten. Ein uns verfolgender Detektiv mit Kamera hätte seine Anonym-

ität aufgeben müssen, wenn er uns denn fotografieren wollte.
Wir schweigen. Dann wollen wir beide zu gleicher Zeit reden. »Nein, du zuerst«, sagen wir im Chor und müssen lachen. Schließlich fasse ich mir ein Herz und frage Jana nach ihrer familiären Situation. Kuchen und zwei Kännchen mit Kaffee stehen als kleine Deckung zwischen uns.
»Belastet unser Treffen deine familiäre Harmonie?«, frage ich. Langsam lässt sie ein Stück Kuchen auf der Zunge zergehen, lächelt etwas spöttisch und erwidert: »Du willst wissen, ob ich verheiratet bin und Kinder habe. Wetten, Du hättest dich auch nicht getraut, mich direkt zu fragen, ob ich mit Dir schlafen möchte!« Werde ich jetzt rot?
»Und, willst du mit mir schlafen?« Jetzt nimmt sie meinen Kopf zwischen ihre warmen Hände und stellt fest, dass es, wenn es ums Schlafen geht, ihr Familienstand für mich nur noch von untergeordnetem Interesse sei. Ich winde mich, dass ich es doch so nicht gemeint habe. Sie lässt meinen Kopf los, setzt sich gerade und meint. »Also gut. Ich bin verheiratet, habe zwei erwachsene Kinder und vier Enkel. Mein Mann wohnt bei einer jungen Witwe. Draußen im Grünen hat sie ein Häuschen geerbt. Wir sind das, was man als getrennt lebend bezeichnet. Zufrieden?« Nun war ich in der Pflicht und berichtete von meiner Scheidung vor drei Jahren und von meinem zweiundzwanzigjährigen Sohn, der, jung verheiratet, Vaterfreuden entgegen geht.
»Aha, seit dem du geschieden bist, allein lebst, machst du dich an allein stehende hart arbeitende Frauen heran«, erwidert Jana, nachdem ich ihr meinen familiären Status genannt habe. Ich habe Angst, das Gespräch könne ungemütlich werden. Deshalb schränke ich ein, dass ich mich nur für intelligente und gut aussehende Frauen

interessiere, ein verkapptes Kompliment. Die Reste meiner humanistischen Bildung zusammensuchend, strapaziere ich den gesunden Geist im gesunden Körper (Mens sana, in corpore sano.) und verweise auf Beaumarchais, der mit dem landläufigen Vorurteil aufräumte, dass kluge Frauen hässlich seien. »Eine wirklich kluge Frau ist auch schön«, habe der festgestellt. Doch schließlich wechseln wir allmählich das Thema. Sie erzählt mir von ihrer beruflichen Tätigkeit. Die langjährige Arbeit als wissenschaftliche Oberassistentin an der hiesigen Universität hat sie geprägt. Im Plauderton spricht sie – inzwischen sind wir bei einem mittelsauren Riesling angekommen (Die Weinexperten unter den Lesern mögen mir das unqualifizierte Adjektiv verzeihen!) – von ihren Bemühungen, eine Habilitationsschrift zu verfassen. Ich spüre die Resignation, ihren Kampf gegen die akademischen Windmühlenflügel, um ihre akademische Laufbahn mit einer Habilitation zu krönen. Gegenwärtig liege alles etwas auf Eis und sie habe beschlossen, ihrem Privatleben mehr Zeit zu widmen und – so wörtlich: »Ich habe mir vorgenommen, es meinem Manne gleich zu tun und werde jüngere Männer aufreißen und du bist mein erstes Opfer.« Mit einem Zug trinkt sie ihr halbvolles Glas aus, hält es mir auffordernd hin und befiehlt: »Schenk nach!« »So gefällst Du mir!«, erwidere ich und greife zur Flasche. Nachdem auch ich mir nachgefüllt habe, werfe ich einen kritischen Blick auf den verbliebenen Rest an Wein. Als ich Anstalten mache, eine weitere Flasche zu bestellen, winkt sie ab und erinnert mich, dass ich ja noch Autofahren müsse. Mein Hinweis, dass ich meinen Wagen auch am nächsten Tag abholen könne, lässt sie nicht gelten.

Es ist schon dunkel, als wir das Stadtkaffee verlassen. Meiner Bitte, sie nach Hause fahren zu dürfen, kommt sie nach.

»Komm Frank, ich zeige dir meine Wohnung.« Von ihrer Wohnung habe ich nicht allzu viel zu sehen bekommen. Ohne darüber ein Wort zu verlieren und ohne akademisches herumdrucksen liegen wir plötzlich im Bett. Sie hat offensichtlich eine solche Zweisamkeit, wie ich, längere Zeit entbehren müssen. Das befürchtete Keuchen, dass man bei älteren Menschen d a b e i erwartet, bleibt erstaunlicher Weise aus. Jana ist eben ein sportlicher Typ und hat Kondition. Nach dem zweiten Mal, löse ich mich allmählich von ihr. Sie hat es gefühlt und inzwischen vielleicht auch erhofft. Schweigen. Keiner wagt etwas zu sagen. Es ist dunkel im Schlafzimmer, wir haben in der Eile kein Licht eingeschaltet und die Schlafzimmertüre nicht ganz zugemacht. Im Korridor an der Garderobe brennt noch eine kleine Lampe, die uns etwas Licht spendet. Ich richte mich auf und schaue in ihr Gesicht. Es liegt im Dunkeln. Nur ihre Augen spüre ich mehr, als dass ich sie sehe. Ich streichele ihr Gesicht. Sie lässt es geschehen. Ich lasse mich zurückfallen und schaue mit halb geschlossenen Augen zur Decke. Allmählich werde ich müde. Nun ist sie es, die sich über mich beugt. Mit einem Lächeln schaut mich Jana an. Sie stupst ihr Kinn an das meine. Mein nächtlicher Bartwuchs hinterlässt ein kratzendes Geräusch. »Schlafe schön!«, flüstert sie und dreht sich ebenfalls auf die andere Seite. Nur meine Hand hält sie noch fest. Ich wache auf. Jana liegt neben mir und schläft oder tut zu mindestens noch so. Es ist kurz nach sieben Uhr und bereits hell. Ich überlege gerade, ob ich auf Arbeit anrufe und mich entschuldige, dass es heute etwas später wird. Langsam ziehe ich ihr die Bettdecke weg. Sie lässt es geschehen. Meine Bitte, sich herum zu drehen, sie liegt auf dem Bauch, quittiert sie mit der Bemerkung: »Mach es doch von hinten!«

Im Institut

Erstaunt drehen sich ihre Kollegen auf dem Flur nach Frau Doktor Schubert um. Sie pfeift.
»Was pfeifen Sie da?«, fragt einer schlagfertig. Jana bleibt stehen, grüßt freundlich zurück und antwortet: ... »komm, lieber Mai und mache die Bäume wieder grün«. Dann dreht sie sich um und geht weiter. Ihre Kollegen lächeln und denken sich ihren Teil. In ihrem Arbeitszimmer angekommen, bricht sie ihr kleines Konzert erst einmal ab. Auch sie ist heute später auf Arbeit erschienen, als sonst üblich. Man hat ihr bereits wieder Papier auf den Schreibtisch abgeladen. Sonst holt sie sich ihre Post immer selber ab. Beruhigt lässt sie den Stapel wieder fallen. Es sind keine dringlichen Termine dabei. Und so wirft sie ihren Computer und die Kaffeemaschine in aller Ruhe an. Als erstes erwartet die Institutsleitung einen Bericht ihrer Lehrgangsarbeit. Man war mit der Resonanz dieses Lehrganges, was die Buchungszahlen betraf, sehr zufrieden und überlegt nun, diesen Lehrgang deutschlandweit anzubieten. Für Jana eine Konsequenz, die sie mit einem lachendem und einem weinenden Auge entgegen nimmt. Lachend – sie hat Arbeit und muss keine vorzeitige Entlassung oder Altersteilzeit befürchten, weinend – sie wird weniger Zeit für Frank haben. Sie überlegt, dass es das Beste sein wird, wenn sie weitere Institutsmitarbeiter als Lehrgangsleiter heranbildet. Ob sie den Chef davon überzeugen kann, bleibt abzuwarten. Inzwischen lief der Bildschirmschoner: diffuse farbige Kreise und Ringe rollten über die graue Fläche des Bildschirms. Auch hier müsste mal etwas Neues her, dachte Jana und überlegte, ob sie etwas Skurriles oder ein seriöswissenschaftlich Thema wählen solle. Die im Menü angebotenen Bilder gefielen ihr alle nicht und sie hofft, im Internet etwas zu finden. So vergeht der Vormittag.

Kurz vor dem Mittagessen hat sie etwas Passendes gefunden: Das Urteil des Paris. Der trojanische Jüngling mit dem Apfel in der Hand steht ratlos vor den drei Göttinnen und kann sich nicht entscheiden. Erst als Aphrodite alle Hüllen fallen lässt ist es um den jungen Königssohn geschehen. So wie die Kleider von der gut gebauten Göttin abfielen, so fiel auch der Verstand von Paris ab. Aber das passierte Männern angesichts nackter Frauen nicht nur in der Antike. Von dieser Überlegung ließ sich auch der Gestalter (oder war es eine Frau?) des Bildschirmschoners leiten. Bei dem Motiv handelt es sich um eine Karikatur. Die Szene findet in der Gegenwart statt. Paris, im Zuhälterlook sitzt in einem Sportcabriolet. Auf der Motorhaube liegt eine nackte blonde Frau mit langen Haaren und spreizt ihre Beine in Richtung Windschutzscheibe. Die beiden anderen Göttinnen sehen aus wie Mädchen vom Straßenstrich – hübsch anzusehen, aber chancenlos. Statt eines schnöden Apfels hält Paris ein Bündel Euroscheine in der Hand.
Jana ist mit ihrer Wahl zufrieden. Weiß sie doch, dass sie mit diesem Motiv auf ihrem PC Schockwellen bei einigen Kollegen, aber auch Kolleginnen auslösen wird. Mit gesundem Appetit und gut gelaunt, strebt sie dem Speisesaal entgegen. Gewissensbisse, dass sie den Vormittag eigentlich vertrödelt hat, befallen sie nicht.

Von ihren Spitzbübereien erfahre ich erst abends als wir uns auf einem Parkplatz treffen. Das Kaufhaus, zu dem der Parkplatz gehört, hat dicht gemacht. Deshalb ist auch viel Platz und wir können nebeneinander stehen. Ich bin rückwärts, Jana vorwärts in die Parklücke eingebogen. Sie hat sich so gestellt, dass wir nebeneinander sitzen. Die Fahrertüren könnten wir im Augenblick nicht öffnen. »Was gibt's neues?«, frage ich. »Ich bin schwanger von dir«, antwortet sie lakonisch. »Das hättest du wohl gern!«, erwidere ich lachend. Sie geht nicht darauf ein. Aber ich muss plötzlich an meinen Jungen denken, den ich schon eine Ewigkeit nicht mehr gesehen habe. Vielleicht bin ich schon Großvater und weiß es nur noch nicht. Wir entschließen uns, diesen Abend bei mir zu verbringen. Wie ich es immer mache, schalte ich den Fernseher ein. Auf dem Bildschirm schließt gerade eine offensichtlich reifere Frau einen jungen Mann in ihre Arme. Jana fragt mich scherzhaft scheltend, was ich mir da schon wieder ansehe. Die Anleitung zum Handeln, sage ich und wir machen es dem Bildschirmpärchen nach. Ich verspüre Hunger und mein Magen knurrt. Erschrocken lässt mich Jana los und eilt in die Küche, damit ich ihr nicht vom Fleisch falle, wie sie sich ausdrückt. Sie sucht im Kühlschrank und in verschiedenen Schubfächern und Schränkchen. Was nicht zwingend in den Kühlschrank muss, liegt, vorsichtig formuliert, nicht gerade sortiert im Speiseschrank. Da kann es schon einmal vorkommen, dass ein Glas mit Kümmel neben Farbpatronen vom Drucker zu stehen kommt. Der sprichwörtliche »Kamm auf der Butter« ist bei mir tägliche Realität. Es geht schon los: »Was macht die Flasche mit Salatsoße im Bad?«, höre ich Jana rufen. »Dann steht wahrscheinlich das Shampoo im Speiseschrank«, rufe ich, gucke aber vorsichtshalber selber nach. Nein, eine Verwechslung der Standorte ist nicht erfolgt. Daraus schließe ich, dass ich meine restlichen Haare demnächst mit gewöhnlicher Seife waschen muss, da mein Haarwaschmittel wahrscheinlich alle ist, ich es nur nicht bemerkt habe. Ich höre sie in der Küche hantieren. Sie murmelt dabei etwas vor sich hin. Ich verstehe nur »Männer«! Der Rest wird von den Geräuschen der Nahrungszubereitung überdeckt. Dann ruft sie mir laut zu, dass es in zwanzig Minuten was zu essen gibt und ich mich bis dahin gedulden solle. Unaufgefordert beginne

ich den Tisch zu decken. Ein wohlschmeckender Käseauflauf steht zur angegebenen Zeit auf dem Tisch. Tomaten erkenne ich, was sie sonst noch hineingerührt hat, kann ich nicht deuten. aber es schmeckt. Erstaunt frage ich: »Und das hast du alles bei mir gefunden?«
»Hast du nicht bemerkt wie ich heimlich den Rasen vor deinem Haus abgemäht und dabei das Kräutlein Nießmit-Lust gefückt habe?« Ich muss lachen. Jana findet, dass ihre Frage nicht zum Lachen sei und will wissen, wie ich eigentlich einkaufe. Dabei äußert sie die Vermutung, dass ich von Regal zu Regal gehe und dabei wahllos alles was mir gefällt in den Einkaufswagen lege. Von einem planvollen Einkauf, so mit vorbereitetem Zettel wäre ich wahrscheinlich weit entfernt. Missbilligend schüttelt sie ihren Kopf. Sie hat ja recht, denke ich. Doch der belehrende Ton gefällt mir nicht – das wirkt so lehrerhaft im negativen Sinne. Wenn sie mit ihrem Mann auch so umgegangen ist, wundert es mich nicht, dass er zu einer anderen Frau gezogen ist. Ich lege ihr meinen Zeigefinger auf den Mund, beuge mich zu ihr hinüber und flüstere ihr ins Ohr, dass ich mich bessern werde. Sie merkt auch, dass ihre Moralpredigt etwas ausufernd auf mich wirkt und lächelt verzeihend. Mit der Aufforderung, es mir schmecken zu lassen, wechselt sie das Thema. Aber im Augenblick steht Schweigen auf dem Programm getreu dem Motto: Mit vollem Munde spricht man nicht. Völlig übergangslos erzählt sie mir aus ihrer Studienzeit von den so genannten verpönten wie belustigenden
ML-Vorlesungen und Seminaren. ML stand für Marxistisch-Leninistisches Grundlagenstudium, dem sich jeder Studierende ob Arzt, Ingenieur oder sogar Theologe zu unterziehen hatte. Da war von einer Vorlesung die Rede, in der Schlagertexte auf ihre politische Aussage hin untersucht wurden. Beginnend bei den Weltkriegstiteln von Zarah Leander bis hin zu Heino wurden die verschiedenen

Titel diesbezüglich seziert. Auf dem Weg zur Mensa meinte einer ihrer Kommilitonen, dass die heutigen Schlager ebenso verlogen seien. Wenn vom Küssen gesungen wird, eigentlich etwas anderes gemeint sei, aber diesbezügliche Verben, auch zweisilbig, offensichtlich tabu seien. Beim Nachtisch angekommen, erinnern wir uns gemeinsam an Episoden aus unserer Studienzeit, an die Marotten der Professoren, an ausgeflippte Studenten und Besonderheiten, die jeder Universitätsstadt, speziell dem Campus anhaften und diesen so zu etwas Einzigartigem werden lassen. Die Dunkelheit war hereingebrochen, die Kerze auf dem Tisch heruntergebrannt und der Weißwein, den ich im Kühlschrank gefunden hatte, ausgetrunken. Jana will abwaschen. Ich verbiete es ihr. Um nicht fernsehen zu müssen, lese ich ihr aus meinem Lieblingsroman vor. Es ist ein historischer Roman: Die Karwoche von Louis Aragon. Schauplatz ist die Karwoche des Jahres 1814. Jene schicksalhaften Tage, in denen Napoleon von Elba nach Frankreich zurückkehrte. Aber nicht der Kaiser steht im Mittelpunkt, sondern der Maler Theodore Gericault. Der Roman ist weder ein Buch über den Krieg, aber auch kein Künstlerschicksal. Gerade das Gleichnishafte, das den ganzen Roman durchzieht, hat mich fasziniert. Die konkreten historischen Ereignisse in jener Woche stehen nur symbolhaft für den Umbruch, den nicht nur Frankreich, sondern ganz Europa in dieser Zeit zu bewältigen hatte. Ich schlage einfach eine Seite auf und lese etwa fünfzehn Minuten vor. Mit dem Hinweis, dass sie müde sei, unterbricht sie mich und geht ins Schlafzimmer. Als ich weinige Minuten danach leise eintrete, sehe ich sie in einer Schwarte blättern, die ich manchmal als Bettlektüre konsumiere: Literarische Kost mit leicht obszöner Hand geschrieben über die man ohne nachzudenken hinweg liest und die man am nächsten Morgen bereits vergessen hat.

Endlich wieder zu Hause! Eine Woche mit ihrem Chef auf Dienstreise war belastend, zumal er den Wunsch verspürte, ihr auch persönlich nahe zu treten. Ruth war anfänglich nicht begeistert, aber dann hat sie seinem Drängen doch nachgegeben. Aus Neugierde, aus langer Weile? - sie weiß es nicht mehr. Sie musste dabei immer an Herrmann und seinen schönen warmen Schwanz denken. Nein, ihr Chef war kein phantasieloser Bumser, aber so richtig vertraut wurde sie mit ihm nicht. Sie hätte sich nie gewagt, auf ihm zu reiten. Das und andere intime Experimente veranstaltete sie nur mit Herrmann, einem neunzehnjährigen Burschen, etwas jünger als sie.
Es klingelte. Vor der Tür standen ihre Mutter und ihre Freundin Gabi.
»Kommt rein, setzt euch, ich mache uns gleich einen Kaffee. Aber viel Zeit habe ich nicht. Herrmann will zum Abendbrot kommen.« Ihre Mutter verzog missbilligend ihr Gesicht und tadelte: »Der Junge ist doch nichts für dich!« Mit dem Hinweis, dass das ihre Sache sei, wechselte Ruth das Thema. Gabi erkundigte sich, wie es war und die beiden jungen Frauen unterhielten sich so angeregt, dass sich Ruths Mutter bald verabschiedete. Als sie weg war, erzählte Ruth von ihrer Liaison mit ihrem Chef und darüber, dass dieser, ihren Herrmann nicht ersetzen könne.
»Dein Herrmann muss ja Qualitäten haben!?«, meinte die Freundin. Dann berichtete Ruth, welche Qualitäten es ihr besonders angetan hätten und sagte, dass sie darüber schlecht mit ihrer Mutter sprechen könne. Gabi prustete vor lachen und erwiderte: »Wieso nicht? Deine Mama ist verwitwet. Vielleicht täte ihr der junge Mann mit seinem Warmen auch gut. Hast du mal gemessen wie lang er ist?« Ruth verneinte lachend und versprach, die Messung heute Abend nach zu holen.

Vorwurfsvoll hält Jana die Schwarte entgegen. Ich werfe einen kurzen Blick auf das Buch und muss lachen. Quasi als Entschuldigung verweise ich auf die Verfasserin, eine gewisse Roswitha Selbtritt. Wer?, fragte Jana erstaunt und liest den Buchtitel: ROSWITHA SELBTRITT *Im Schatten der Begierde.* »Das ist doch ein Pseudonym. Dahinter kann auch ein Mann stecken. Ich kenne nur eine Anna Selbtritt aus der biblischen Geschichte.« Jana war mir wieder einen Schritt voraus. Wer ist Anna Selbtritt?, denke ich und schweige. Als ob sie meine Gedanken erraten hätte, klärt sie mich auf. Nun weiß ich, dass es sich bei der heiligen Anna, gleich Anna Selbtritt um die Mutter Marias handelt. Gott sei Dank weiß ich, wer Maria ist. Das ist doch die junge Frau mit dem kleinen Jungen auf dem Arm. Ich erinnere mich, ein solches Bild in der Dresdner Gemäldegalerie und auf Kunstpostkarten gesehen zu haben. Nun danke sogar ich Gott, obwohl ich gar nicht an seine Existenz glaube.

Laut frage ich: »Demnach dürfen Heilige auch Geschlechtsverkehr haben oder wurde Maria auch unbefleckt empfangen?« Jana richtet ihre sanften braunen Augen auf mich. Sie sitzt bereits im Bett. Dann sagt sie ganz ruhig ohne eine Mine zu verziehen: »Auch wenn du jetzt zu mir ins Bett kommst, hast du eine berechtigte Chance, heilig gesprochen zu werden.« Nur an ihren Augen sehe ich, dass sie sich wieder über mich lustig macht.

Der Lunch

Wir haben uns eine Woche nicht gesehen. Vorgestern rief sie an und lud mich zu sich zum Lunch ein. Jana sagte tatsächlich »Lunch«. Meine Frage, ob ich etwas besorgen solle, verneinte sie. Pünktlich zur vereinbarten Zeit stehe ich mit sieben langstieligen Rosen angetan vor ihrer Tür. Ich kenne Jana inzwischen gut genug und sehe, dass sie Sorgen hat, auch wenn sie diese hinter einem Lächeln und einer freudigen Umarmung, verbunden mit einem Dankeschön für die herrlichen Rosen zu verbergen sucht. Sie fordert mich auf, im Wohnzimmer Platz zu nehmen. Mit der Fernbedienung zappe ich gedankenlos durch die Senderwelt: Kochstudios, Gartenfreunde, ein mit Kissen um sich werfendes junges Paar, Wasserwerfer, die eine aufgebrachte Menschenmenge abkühlen – ich lasse mich televisionär berieseln. Jana bringt das Essen. Japanische Küche. Sie nimmt Stäbchen überlässt mir die Wahl, auch mit der Gabel zu essen. Die Gabel lehne ich ab. Dann erzähle ich ihr, dass ich als kleiner Junge mir nie vorstellen konnte wie man mit den zwei Hölzchen Fleisch mit Kartoffeln und Gemüse oder Omeletts essen kann. Jana lächelt Pflicht schuldigst. Gelassenheit kommt nicht auf. Langsam lege ich meinen Kopf an den ihren und frage leise: Was ist los? Ihre Augen werden feucht. Sie verspricht nach dem Essen mit mir zu reden.

»Frau Doktor Schubert, bitte in zehn Minuten beim Direktor.« Pünktlich meldet sie sich und wird sofort vorgelassen. Neben dem Chef und dem Personaldirektor, der auch für Sicherheitsfragen verantwortlich ist, sitzt ein Fremder, der mit dem Allerweltsnamen Müller vorgestellt wird. Woher er kommt, was er macht sagt man ihr nicht. Dafür lässt sich ihr Direktor breit über ihre Qualitäten als Softwarespezialistin für industrielle Prozesse aus. Dann zeigt man ihr ein aus dem Internet herunter geladenes Protokoll, fast nur Zahlen und bittet um ihre Meinung. Jana lässt sich Zeit und meint zögernd: »Das sind keine der üblichen Prozesse, mit denen wir es in der Regel zu tun haben. Wir arbeiten vorwiegend für die chemische Industrie aber auch Verfahrenstechnik. Das hier...«, dabei zuckt sie mit ihrer Schulter, überlegt, spricht zögernd weiter: »... das sieht eher nach einem speziellen ... physikalischen Prozess aus.« Die Herren sehen sich vielsagend an. Dann rafft sich Direktor Becker zu einer Erklärung auf. Bei dem vorliegenden Material handelt es sich um ein Prüfprotokoll aus dem CERN in Genf. Offensichtlich ist es dort zu einer Havarie gekommen. Da auch unsere Firma Komponenten geliefert hat, hat man uns in die Fehlersuche einbezogen. Frau Dr. Schubert befürchtet nun, den schwarzen Peter zu erhalten und kontert mit dem Hinweis, dass diese Komponentensoftware zu einer Zeit entstanden ist, als sie schon ihre Lehrtätigkeit aufgenommen und an der praktischen Arbeit keinen Anteil mehr hatte. Becker beschwichtigte sie und bittet sie, an der Fehlersuche mitzuwirken. Nun schaltete sich auch der schweigsame Herr Müller mit dem Hinweis in das Gespräch ein, dass keine Schuldfragen zur Diskussion stünden. Er ließ die Katze aus dem Sack in dem er von Sabotageverdacht sprach. Nun wurde Jana hellhörig und fragte den jungen Mann, wer er eigentlich sei. Dabei erfuhr sie, dass er vom Landeskriminalamt kommt und sie für diesbezügliche Ermittlungen abkommandieren möchte. Es verschlug ihr die Sprache.

Ich lehne mich zurück und fragte Jana: »Wo ist das Problem? Da gehst du eben für ein paar Wochen zur Kripo oder fährst nach Genf.« »Genau davor habe ich Angst, nach Genf gehen zu müssen!« Ich reagiere etwas verständnislos. Sie erklärt mir, was dort in Genf passiert oder besser, passieren kann.
»Dort will man den Urknall simulieren, Frank. Wenn dort die Teilchen mit nahezu Lichtgeschwindigkeit bei Minus zweihundertsiebzig Grad im Vakuum aufeinander knallen, dann haben wir Energie in Reinkultur. E ist m mal c Quadrat. Davon hast du doch schon einmal gehört?« Ich nicke. Nachdem sie mich aufgefordert hat,

eine Flasche Silvaner zu öffnen und einen großen Schluck genommen hat, fährt sie fort: »Ich habe aber keine Lust meine Materie in Energie verwandelt zu sehen. Jedenfalls jetzt noch nicht. Das können sie mit mir im Sarg machen, da sparen sie wenigstens Brennstoff.« Sie schaut mich an wie einen armen Irren. Ich begreife nichts. Ich kann mir nicht vorstellen, dass Teilchen leichter als ein trilliardstel Milligramm beim Zusammenstoßen etwas ausrichten können, was meine oder Janas Existenz gefährden könnte. Sie nimmt noch einen Schluck und setzt sich zu mir auf den Schoß.
»Ich war inzwischen beim Staatsschutz, wo dieser Müller arbeitet und habe mir dort noch einiges angeschaut. Die eigentlichen Experimente sind tatsächlich harmlos. Aber man arbeitet dort an einer Waffe, die eben in der Lage ist, Materie, sprich den Gegner, in Energie zu verwandeln und zwar im großen Stiel. Du musst dir die Erde wie einen Apfel vorstellen aus dem du ein Stück heraus gebissen hast. Wenn es gelingt, die Prozesse zu dosieren, dann verschwinden mehrere Hektar, ein Stadtteil oder ein ganzer Kontinent«. Ich halte Jana unwillkürlich fester und frage, auf ihr Beispiel mit dem Apfel anspielend: »Das Stück Apfel ist in meinem Mund. Und wo ist der verschwundene Kontinent hin, wer hat den gefressen?«, frage ich. Ich merke, dass es mit meinen naturwissenschaftlich-physikalischen Kenntnissen offensichtlich nicht weit her ist. Jana steht auf und zieht mich an meiner Krawatte zu Boden und legt sich neben mich. Meine Frage, warum wir nicht gleich ins Bett gehen, würgt sie ab, in dem sie mir ihren Zeigefinger auf den Mund legt. Halb auf der Seite liegend, stützt sie ihren Kopf auf und flüstert: »Die Masse hat sich in Energie, also quasi in Nichts verwandelt. Verstehst du das?« Langsam begreife ich. Was bisher rein theoretisch in Einsteins Kopf entstanden war, könnte mit dieser Maschine bei Genf, an

der schweizer-französischen Grenze Realität werden. »Wer weiß noch von deinen Befürchtungen?«, frage ich. Jana hat noch niemandem davon erzählt und trägt diese schrecklichen Befürchtungen mit sich herum. Als ich sie frage, ob sie noch schlafen könne, meint sie: »Komischerweise, ja.« Dann reißt sie mir mein Hemd auf und flüstert bittend: »Ich brauche dich!« Ich spüre, sie ist mit ihren Gedanken nicht bei uns. Erst als ich ihr leicht ins Ohr beiße und flüstere: »Ich bin auch noch da!«, kommt sie zu sich. Hoffentlich denkt sie jetzt nicht daran, wie sie später die Flecken aus dem Teppich wegbekommt, frage ich mich. Als wir anschließend gemeinsam duschen, spült das warme Wasser endgültig ihre Sorgen und Ängste weg.

Als sie am Wochenende zu mir kommt, ich hatte sie zum Mittagessen eingeladen, bringt sie ihren Laptop mit. Auf meinen fragenden Blick hin, meint sie nur, dass sie diesen jetzt nicht mehr aus den Augen lässt. Ist es wegen der Havarie im CERN, frage ich. Sie nickt bejahend. Dann eröffnet sie mir, dass sie illegal Aufzeichnungen macht und auch Dokumente gescannt hat. Da sie sich nicht sicher ist, nicht beobachtet worden zu sein, nimmt sie ihn immer mit. Sie bittet mich, einige Unterlagen bei mir auf eine CD brennen zu dürfen und diese bei mir zu verstecken. Ich spüre wie ich vor Aufregung rot werde. Im Geiste sehe ich, wie Geheimagenten in Abwesenheit meine Wohnung durchwühlen und sie im Chaos zurücklassen, ich fühle schalgedämpfte Pistolen auf mich gerichtet und andere Schrecken, die uns in Thrillerfilmen genüsslich vorgesetzt werden. Jana scheint meine Erregung nicht zu bemerken und ich schweige. Ich möchte vor ihr nicht als Angsthase dastehen. Als sie mich fragt, ob ich damit Probleme habe, sage ich nur: »Ich überlege, wo ich die CD am besten verstecken kann.« Dass das eine gute Frage sei, meinte Jana und schlägt mir vor, die gebrannte CD in eines meiner zahlreichen Bücher ohne Hülle zu verstecken. Schließlich entscheiden wir uns für ein größeres Märchenbuch, das auffällig – unauffällig im Regal steht und wahrscheinlich in den nächsten Wochen und Monaten nicht gelesen wird. Jana hat gut kalkuliert. Wir hatten alles gebrannt, die Belegungsgrafik zeigt nur noch ein winziges pinkfarbenes Stück vom Kuchen. Nachdem das geklärt war, frage ich sie, wie es ihr die letzten Tage über ergangen sei. Sie erzählt mir, dass sie demnächst für drei Wochen nach Genf müsse. Sie werden mit einem Bus fahren. Außer Kriminalisten und zahlreichen Experten, sie spricht von bis zu dreißig Personen, gehören auch Journalisten und Militärs zur Delegation. Meine Frage, wer von den geheimen Waffen etwas weis und wie weit die Entwicklung gediehen ist, zuckt sie nur mit den Schultern und sagt: »Ich vermute, dass die Havarie mit den militärischen Experimenten zusammen hängt. Wer die Versuche durchführt und bezahlt, war von hier aus nicht festzustellen. Deshalb fahren wir ja hin. Zu der Delegation gehören Leute, die ich bisher noch nicht kennen gelernt habe und die vielleicht etwas mehr wissen.«

Schließlich wechseln wir das Thema. Ihre Enkelin Franziska, fünfzehn Jahre jung, hat ihr geschrieben. Den Brief zeigt sie mir.

Liebe Oma,
ich glaube die Jungs sind alle ein bisschen verrückt. Am verrücktesten ist Sven aus der 12. Er sagt, er liebt mich. »Das will ich von dir schriftlich haben, ehe du mich küssen darfst«, sage ich zu ihm. Und was macht der Blödmann: Er schreibt an das alte Fabrikgebäude gegenüber von unserer Schule FRANZI ICH LIEBE DICH! – Sven. Das Komma nach Franzi hat er vergessen.

Die 4 m hohe Wand ist bis zur Hälfte voller Grafittis. Wie er da hoch gekommen ist, ist mir rätselhaft. Trotzdem habe ich mich gefreut und er durfte mich küssen. Sag das aber nicht Mutti, die macht sich sonst wieder Sorgen, was meine Tugendhaftigkeit betrifft. Auch Papa tut manchmal so, als ob die Abschaffung der Keuschheitsgürtel den Untergang des Abendlandes eingeläutet hätte.
Viele Grüße
Deine Franziska

»Netter Brief«, sage ich und frage weiter: »Und, was glaubst du? Ist deine Enkelin noch unschuldig?« Das hätte ich lieber nicht fragen sollen. Das Wort unschuldig bringt Jana auf die Palme.
»Wieso wird eine Frau s c h u l d i g , wenn sie einen Mann liebt und geliebt wird? Schuld und Unschuld, das sind doch Begriffe, die sich Männer ausgedacht haben. Wenn sie uns nehmen, sind wir hinter her schuldig oder was ist das Gegenteil von unschuldig? In das gleiche Schema passt der Begriff von der unbefleckten Empfängnis. Wenn wir schwanger werden habt ihr uns befleckt. Nur Gott fickt unbefleckend.« Bei den letzten Worten muss sie lachen. Ob nur über die Semantik ihrer Wortwahl oder die erotische Vorstellung göttlichen Treibens, habe ich nicht erfahren.

Genf

Ich bin wieder allein. Jana sitzt in Genf und rettet den Frieden und die Menschheit. So oder ähnlich habe ich mich am Vorabend ihrer Abreise ausgedrückt, als ich mich von ihr verabschiedet habe. Sie weiß wie es mir zumute ist und ihr scheint es auch etwas mulmig zu sein. Trotzdem, ihre E-Mails klingen tapfer.

Lieber Frank,
heute versuchte uns einer in 2 Std. e = m x c2 zu erklären. Wir Techniker knaupelten an unseren Fingernägeln, während die Sicherheitsnadeln und Journalisten so taten als ob sie es begreifen. Unser Militär (er heißt übrigens auch Frank), Oberstltn. Detting scheint techn.-nat. versiert zu sein, was ihn mir sogar etwas sympathisch macht. Das CERN selbst werden wir, wie es jetzt aussieht, gar nicht zu Gesicht bekommen.
Deine Jana

Der Tag war anstrengend und belastend. Sonja machte mir ein eindeutiges Angebot. Dabei saß sie auf meiner Schreibtischkante und schaukelte lasziv mit ihren schönen Beinen. Es war bereits nachmittags und im Büro war etwas Ruhe eingetreten. Ich dachte gerade daran, wie sie reagieren würde, wenn ich jetzt zur Türe ginge und abschließen würde. Dann klingelte mein Telefon. Mein Freund war dran und wollte mich Strohwitwer zum Bier einladen. Während wir noch redeten, verließ Sonja leicht schmollend mein Zimmer. Ich war gerettet. Oder hatte ich eine Gelegenheit verpasst?
An Jana schickte ich abends nur ein kurzes E-Mail, nichts sagend, sozusagen nur eine verbrämte Empfangsbestätigung.
Nach zwei Tagen meldet sich Jana wieder.

Lieber Frank,
hurra, wir leben noch. Gestern Abend ist das eingetreten, was ich immer befürchtete, Materie ist verschwunden. Wir sind zwar nicht dabei, bekommen aber immer über Datenleitung die Ergebnisse. Etwa 3 Gramm, die Masse einer Briefmarke wurden dabei verramscht. Die frei gewordene Energie liegt im GWh-Bereich – Jahresleistung eines mittleren Kraftwerkes. Ich schreibe dir das,

damit du eine Vorstellung bekommst, was die hier machen. Unseren Oberstltn. habe ich auf die waffentechnischen Versuche hin angesprochen. Erst wollte er abwiegeln, doch dann rückte er mit der Sprache heraus und betonte, dass Deutschland an diesen Unternehmungen nicht beteiligt sei. Da mein Charme auch bei wesentlich jüngeren Männern (der Offz. ist erst 38) ankommt, ließ er mich sogar in seinen Laptop blicken. Dort waren dann Modelle dieser Waffe zu sehen. Die auf Kettenfahrzeugen installierten Aggregate sahen aus wie Melkkarussells. Ein besserer Vergleich fällt mir im Augenblick nicht ein, da ich nicht viel davon verstehe. Beim Vergrößern eines Bildes war das Logo eines weltbekannten deutschen Unternehmens zu sehen. Daraufhin angesprochen, meinte Herr Detting dass es sich nur um Komponenten handele und die einzelnen Firmen gar nicht wissen, zu was ihre Zulieferungen benötigt werden. Ohne ihn danach gefragt zu haben, betonte er, dass Embargobestimmungen nicht verletzt würden. Ich dachte nur: Du Neunmalkluger, Embargos gelten ja nur für existierende Waffen und Materialien zum Bau dieser, aber nicht für Erprobungen, die noch gar nicht als Waffe wahrgenommen werden.

Ich muss ziemlich besorgt ausgesehen haben. Jedenfalls beruhigte mich mein Oberstltn., dass es sich nur um Projektskizzen und Musterbauten handeln würde. Ich müsse mir das wie eine Kulisse im utopischen Film vorstellen, sagte er. Die Roboter und Raketen fliegen ja auch nicht wirklich. Das gelte auch für meine Melkkarussells (er griff meinen Vergleich auf).

Was da heute früh geschehen ist, kann vorerst nur im CERN passieren. Was ich immer noch nicht weiß – was wir eigentlich hier machen sollen? Ich hoffe ich bekomme das demnächst heraus.

Deine Jana

Sie spricht bereits von i h r e m Oberstleutnant! Die jungen und jüngeren Männer haben es ihr angetan. Bin ich jetzt eifersüchtig? Innerlich hoffe ich, dass der Oberstleutnant auf jüngere Frauen steht und nicht mit reifen Frauen ins Bett gehen möchte. Alles Quatsch!, denke ich. Ich glaube, dass das Team dort vor Ort andere Sorgen hat, als sich sexuell zu verlustieren. Andererseits, jetzt kommen mir wieder Zweifel, ziehen Extremsituationen auch extreme Verhaltensweisen nach sich. Vielleicht ficken sie doch, wenn sie überlebt haben?, geht es mir durch den Kopf. Nach dem fünften Bier schlafe ich ein.

Es ist kalt. Trotz unserer Wattejacken frieren wir. Die Sonne ist extrem klein, die Luft ist dünn wie im Hochgebirge. Ich sitze in einem Bunker. Das neben der Uhr über der Tür angebrachte Manometer zeigt einen leichten Überdruck. Er wird erzeugt, um zu verhindern, dass schädliche radioaktive Luft eindringt. »Herr Hauptmann, nehmen Sie zwei Mann, den Geländewagen und klären sie auf, was da vorne los ist.« Mit Hauptmann war ich gemeint. Der mir den Befehl gibt ist mein Chef aus der Firma. Er trägt die Schulterstücke eines Obersten. Wir fahren los. Trotz aufgedrehter Wagenheizung wird es immer kälter und der Wagen verliert zunehmend an Geschwindigkeit. Wir erklimmen mit surrendem Reduktionsgetriebe eine Anhöhe und bleiben erschrocken stehen. In der Ferne sehen wir unseren blauen Planeten, die Erde. Sie sieht aus wie ein angebissener Apfel und wird von Minute zu Minute kleiner. »Wo sind wir?«, frage ich erschrocken meinen Fahrer. Statt einer Antwort erhalte ich einen Stoß und fliege aus dem Auto. Mit Schrecken stelle ich fest, das neben mir ein Abgrund liegt und ich falle und falle ... .

Mit Herzklopfen wache ich auf. Ich liege auf meinem Sofa. Im Fernsehen röhren irgendwelche Sportwagen über den Bildschirm. »Jetzt träumt man schon von diesem Sch...«, fluche ich und verwünsche Jana und ihre Arbeit. Jetzt bereue ich, Sonjas offenherziges Angebot nicht wahrgenommen zu haben. Mit ihr im Bett wären mir derartige Albträume bestimmt erspart geblieben. Mit dem festen Vorsatz, mich mehr um Sonja zu bemühen, gehe ich ins Bett und schlafe, mich an den Geruch ihres Haares erinnernd, ein.

Lieber Frank,
wir brechen noch heute unsere Zelte in Genf ab. Ich würde gerne den heutigen Abend mit dir verbringen. Ich fliege in der Sondermaschine der Luftwaffe mit und denke, gegen 17:00 Uhr wieder zu Hause zu sein.
Deine Jana
Ich freue mich und brauche dich!

Dieses E-Mail hat Jana mir an meine Dienstadresse gerichtet. Also nichts mit Sonja, denke ich und widersprüchliche Gefühle gehen mir durch den Kopf. Als ich an die Sondermaschine denke, befällt mich erneut Unbehagen. Bestimmt hat sie wieder ihren Oberstleutnant bezirzt, wenn sie mit der Luftwaffe fliegen darf, überlege ich. Im Laufe des Tages verfliegen meine von Eifersucht eingetrübten Gedanken und ich freue mich mehr und mehr auf das Wiedersehen mit ihr. Meine gute Laune kehrt vollends zurück, als mein Sohn mich anruft und bittet, am Wochenende vorbeizukommen. Er komme zu zweit, mehr will er am Telefon nicht verraten.
Kurz nach achtzehn Uhr klingelt es und Jana steht draußen. »Ich brauche zuerst ein Bad,« sagt sie. Ich bekomme gerade noch meinen Begrüßungskuss, dann höre ich auch schon das Wasser laufen. Ich decke inzwischen den Tisch. »Möchtest du etwas Warmes zum Abendbrot?«, frage ich laut in Richtung Bad, bekomme

aber keine Antwort. Dann steht sie plötzlich wie eine Römerin mit ihrer Toga in ein Badetuch gehüllt vor mir. Wieder lachen nur ihre Augen als sie auf meine Frage antwortet: »Was Warmes brauche ich jetzt, das muss aber nichts zu Essen sein.« Als wir allmählich wieder zu uns finden, ist es bereits dunkel. Jetzt hätte ich wirklich gerne eine warme Mahlzeit. Damit bricht sie als erste das Schweigen. Ich stehe auf und gehe in die Küche. Beim anschließenden Abendbrot erzählt sie, was am letzten Tag, nach der »Drei-Gramm-Havarie«, so ihre Worte, geschehen war.

»Während wir noch die Havarie technologisch untersuchten, saßen unsere Sicherheitsnadeln vor ihren PCs und versuchten die Urheber herauszufinden. Jetzt erst wurde uns klar, dass die Experimente nicht im CERN unmittelbar ausgelöst, sondern dieses nur benutzt wurde. Ob der eine oder andere Wissenschaftler dort mit den Gesuchten unter einer Decke steckt, konnten wir nur vermuten. Wenig später trat ein Krisenstab zusammen. Als ich später auf den Flur kam, öffnete sich plötzlich die Tür des Chefzimmers, unser Oberstleutnant kam heraus und rief aufgebracht, dass es so nicht weiter ginge und er die Luftwaffe anfordern werde. Kurze Zeit später hingen mehrere Düsenjäger am Himmel.« Ich frage Jana, ob die deutsche Luftwaffe über der Schweiz und Frankreich operieren dürfe. Sie verneint und fährt fort:

»Soweit man das von unten erkennen konnte, waren es französische Militärmaschinen. Aber es ging jetzt erst richtig los. Am Abend wurden wir alle in den Konferenzraum gerufen. Dort erfuhren wir, dass es im Laufe des Tages zu Verhaftungen gekommen sei und nicht nur in der Schweiz. Der französische Geheimdienst hat in Nordafrika im Grenzgebiet zwischen Tunesien und Algerien ein Nest ausgehoben. Als die Journalisten fragten, wen man verhaftet hat und ob Technik beschlagnahmt wurde, war die Antwort Schweigen. Nur die lapidare Mitteilung, dass aus Algier noch keine Einzelheiten mitgeteilt wurden, warf man den Journalisten zum Informationsfraß vor. Dann wechselte man rasch das Thema und legte einen Werbe- und Informationsfilm über die Arbeit des CERN ein. Zum Schluss bedankte man sich für die Arbeit und erklärte die Untersuchungsgruppen für aufgelöst. Deshalb sitze ich jetzt wieder bei dir und lasse es mir gut gehen.«

Auffordernd hält sie mir ihr Glas hin und mir bleibt nichts weiter übrig, als nachzuschenken. Während wir trinken, erzähle ich ihr von meinem merkwürdigen Traum in der letzten Nacht. Mit dem Weinglas in der Hand, im Zimmer auf und ab gehend, versucht sich Jana als Traumdeuterin: Wenn die Waffen, die da entwickelt werden funktionieren, könnte unsere Erde dann aus mehreren hunderttausend Kilometern Entfernung wie ein angebissener Apfel aussehen. Doch du würdest nicht, wie im Traum auf dem Reststück durchs Weltall fliegen, sondern dieses Stück wäre nicht mehr da. Erinnerst du dich, vor meiner Abreise, hatte ich versucht, dir das zu erklären.

»Die Wissenschaftler aus deinem Team in Genf hatten die die Gefahr erkannt?«, frage ich sie. Jana nickt bestätigend. Sie ergänzt, dass auch die Geheimdienstleute, ahnten, was da an Experimenten schief läuft, weshalb es ja auch zu den weltweit umfassenden Verhaftungen kam. Ich kann mich nicht enthalten, nach der Meinung ihres Oberstleutnants zu fragen. Die Frage, ob sie mit ihm geschlafen habe, verkneife ich mir. Sie erinnert mich an die Bilder in seinem Laptop und meint: »Ich muss meine Vorbehalte gegen Militärs aufgeben. Ich hielt alle Offiziere für dumm und vor allem überheblich. Auf Herrn Detting trifft das jedenfalls nicht zu. Wenn ich ihm ohne Uniform begegnet wäre, hätte ich auf einen jungen Wissenschaftler oder Dozenten getippt, der da vor mir

steht. Natürlich weiß er, was da erforscht werden soll. Aber ich glaube ihm, dass bis zur waffentechnischen Reife noch ein Jahrhundert vergehen wird. Und ob das überhaupt so dosierbar ist, wie sich dass einige Phantasten vorstellen, bleibt abzuwarten. Aber bei allem was ich dort erlebt habe, Frank, bin ich jetzt ruhiger als vorher.«
Nun war ich der Beunruhigte. Ich habe immer noch keine Gewissheit, ob sie mit diesem Herrn Detting geschlafen hat und die Frage, was passiert, wenn es nicht nur drei Gramm, sondern vielleicht drei Tonnen sind, die man in Energie umzuwandeln gedenkt, hat sie mir bisher noch nicht beantwortet. Ich scheine etwas besorgt auszusehen. Plötzlich streichelt Jana mir über den Kopf und erzählt mir, dass die Versuchsanlagen im CERN umgebaut werden und mit neuer Sicherheitssoftware Manipulationen von außen ausgeschlossen werden. »Und, wirst du diesen Herrn Detting wieder sehen?«, frage ich. »Ach, daher weht der Wind!«, meint Jana lachend und hält mir wieder eine ihrer gefürchteten lehrerhaften Standpauken:
»Ich dachte, du machst die Sorgen um die Existenz der Menschheit. Dabei geht's dir um meine Tugend. Du, mein Lieber, ich frage dich doch auch nicht nach einer gewissen – wie heißt sie? – ach ja, Sonja! Was macht ihr den ganzen Tag im Büro oder nachts, wenn ich auf Dienstreise bin? Was glaubst du, wie uns dort den ganzen Tag zumute war? Denkst du, man kann in dieser Situation abends im Hotel einfach zur Tagesordnung übergehen – kleiner Flirt am Kamin oder so? Du verwechselst da was mit dem Lehrgang, auf dem wir uns kennen lernten. Das kann Jana gut, den Spieß umdrehen. Obwohl ich Sonja nur am Rande einmal erwähnt hatte, schien der Name sich bei ihr eingegraben zu haben. Es gelingt mir nicht, Jana zu beruhigen. Sie beschließt, zu gehen. Sie verspricht, wenn ich wieder richtig ticken würde, wie-

derzukommen. Bevor sie die Korridortüre ins Schloss fallen lässt, sagt sie nur kurz:
»Auf Wiedersehen! Übrigens, er heißt wie du, Frank.«
Das war es dann wohl, denke ich und räume auf. Dass sie mir bereits per E-Mail den Vornamen ihres Oberstleutnants genannt hatte, hatte sie in ihrer Erregung vergessen. Jana wird eben auch nicht jünger, stelle ich erleichternd fest. Müde bin ich nicht mehr, als ich mich eine halbe Stunde später ins Bett lege und zu schlafen versuche.
Irgendwann bin ich dann doch eingeschlafen und träume quasi die Fortsetzung der letzten Nacht. Nachdem man mich aus dem Auto gestoßen hatte, war ich weich in ein Tarnnetz gefallen. Kurz danach landete auch mein Fahrer neben mir. Jetzt begriff ich, dass er mir das Leben gerettet hatte. Wir sahen, wie der Kübelwagen explodierte. Warum, konnte ich nicht feststellen. Gemeinsam kletterten wir aus dem Tarnnetz, das über einen Unterstand gespannt war. Vorsichtig traten wir ein. Dort saß wieder mein Chef als Oberst mit einer jungen Frau vergnügt bei einem Glas Wein. Die Frau trug ebenfalls Kampfanzug und war Hauptmann, wie ich. Als sie sich herumdrehte erkannte ich sie. Es war Jana, aber sie war vielleicht fünfzehn Jahre jünger als heute. Sie lachte. Ich wollte auf sie zugehen, konnte aber plötzlich nicht mehr laufen. Mein Oberst und Jana verschwanden hinter einem Vorhang. Dort hatte er sein Bett stehen. Ich hörte sie beide lachen. Provokativ landeten ihr BH und die Slips vor meinen Füßen. Nun lachte auch mein Fahrer.
Ich wache auf und bin froh, nur geträumt zu haben. Das Bett neben mir ist leer. Langsam kehrt die Erinnerung zurück. Ich gehe zum Kühlschrank und hole mir ein Bier. Nach ein paar Schlucken ist es mir zu bitter und ich suche nach einer Tafel Schokolade. Ich werde fündig. Satt und müde schlafe ich weiter. Auf Arbeit entschließe ich mich,

Jana ein E-Mail zu schicken. Vorher durchforsche ich das Internet nach Theater oder Konzertangeboten. Gute Sachen sind ausverkauft, wie mir die jeweiligen Webseiten verraten. Aber dann finde ich noch den Spielplan einer kleinen alternativen Bühne. Kleist´s zerbrochener Krug wird angeboten und Karten gibt es auch noch. Sofort schicke ich Jana ein Angebot per E-Mail. Eine Viertelstunde später ruft sie zurück. Sie hält meinen Vorschlag für eine gute Idee und fragt vorsichtig, ob sie gestern Abend etwas grob zu mir war. Dann gesteht sie mir, dass sie schlecht geschlafen habe, was ihr an meiner Seite wahrscheinlich nicht passiert wäre. Mit den Worten: »Ich hole dich ab. Heute Abend bleibst du bei mir!«, legt sie auf.

Die Inszenierung des zerbrochenen Kruges war gut und humorvoll. Das Publikum dankte es mit Beifall auf offener Szene und Lachsalven. Man hatte die Handlung in die Gegenwart verlegt. Statt der Perücke war versehentlich der Autoschlüssel liegengelassen worden und die Anspielungen auf den freiheitlich bürokratischen Rechtsstaat und deren Richter war unüberhörbar. In ihrer Wohnung angekommen, verlieren wir kein Wort über den gestrigen Abend. Wir essen noch eine Kleinigkeit, ehe wir ins Bett gehen. In der Dunkelheit des Schlafzimmers gesteht sie mir, dass sie mich liebt und ich ein Dummkopf sei. Andere Männer stünden zur Zeit nicht zur Disposition. Jana flüstert tatsächlich das Wort Disposition . Auch im Bett kann und will sie die Akademikerin nicht verleugnen.

Sonntag

Ein herrlicher Frühlingsmorgen. Von Janas Balkon aus blicken wir auf blühende Kirchbäume. Jenseits der Straße, auf der es heute Morgen still und ruhig ist, schauen wir auf einen mit Laubbäumen bewaldeten Berg dessen Grün voll den Hintergrund dieser Traumkulisse einnimmt. Fast wie im Heimatfilm, dabei mache ich mit der Hand eine Geste, die das ganze Panorama einschließt. Jana unterbricht das Eindecken des Frühstückstisches und wirft einen Blick auf den Berg. Sie meint, dass es schade sei, dass vorwiegend Laubbäume den Hang bedecken, weil er im Herbst und Winter ziemlich kahl wirke. Die Vögel zwitschern, der Kaffee duftet und die gelbbraune Kruste der Brötchen bricht mit dem charakteristischen Geräusch, wie man es von frischen Semmeln erwartet. Schade das Jana kein Trachtenkleid trägt, denke ich. Es würde gut zu dieser Kulisse passen. Sie scheint meine Gedanken wieder einmal erraten zu haben und meint: »Du müsstest Lederhosen und Holzfällerhemd anhaben und neben deiner Kaffeetasse müsste noch ein großer Bierkrug mit aufgeklapptem Zinndeckel stehen. Und die Sonne lässt den Gerstensaft darin goldig schimmern.« Ich lache und meine, dass sie sich doch einmal als Drehbuchschreiberin für Heimatfilme versuchen solle. »Kein Bedarf«, meint sie und greift zu Morgenzeitung. Da die Wochenendausgaben renommierter Blätter ob ihres Gewichtes kaum noch im Ganzen zu handhaben sind, gibt sie mir die Hälfte des Wälzers.

Menschheit vernichtet sich selbst – Katastrophe noch einmal abgewendet

Eine fette Überschrift saugt auf der Innenseite meine Aufmerksamkeit auf. Dann folgt ein Bericht über die zurück-

liegenden Ereignisse in Genf. Der Artikel klingt so, als ob die wissenschaftlich-polizeiliche Eingreiftruppe, der auch Jana angehörte, die Welt vor dem Untergang gerettet habe. Befürchtungen, die Jana und ich anfangs hatten, werden in diesem Artikel als gegeben dargestellt.
Was A- und H-Bomben nicht vermögen – nun wird es möglich: die Welt mit einem Schlag zu pulverisieren. Manipulierte Versuchsabläufe im CERN gestatten es, die Erde in Sekunden in Nichts aufzulösen. Nur dem beherzten Eingreifen einer internationalen Polizeielitetruppe, die durch namhafte Wissenschaftler verstärkt wurde, ist es zu verdanken, dass es uns heute noch gibt. Die in verschiedenen Ländern erfolgten Verhaftungen beweisen, wie haarscharf die Menschheit an der finalen Katastrophe vorbeigeschlittert ist.

In einem Kommentar wird dann darauf verwiesen, dass es sich bei den in Afrika Verhafteten offensichtlich um das allerletzte Selbstmordkommando gehandelt habe, so nach dem Motto: Wenn der islamische Glaube untergeht, dann aber bitte auch die gesamte Menschheit nebst Erde. Ich lese es Jana laut vor. Sie schüttelt den Kopf, als wolle sie es nicht glauben, was ich da vorlese und ist empört darüber, dass sich auch offensichtlich seriöse Zeitungen des Stiles der Skandal- und Regenbogenpresse bedienen. Vor allem sei es ein Skandal, diese Horrormeldung als Ergebnis der abschließenden Pressekonferenz zu verkaufen. Vor Entrüstung löffelt sie gleich drei Löffel Bienenhonig und lässt die eine Hälfte der Semmel auf ihrem Frühstücksteller einsam zurück. Wortlos hält sie Zwiesprache mit ihrem aufgeschnitten Brötchen: »Jetzt brauche ich noch eine Scheibe Schinken!« Ich will gerade aufstehen. Sie winkt ab und sagt: »Ich gehe selber.« Als sie mit mindestens drei Scheiben rohen Schinkens auf den Balkon zurückkehrt, waren die Spuren der Empörung

über das Gelesene noch nicht gänzlich aus ihrem Gesicht verschwunden. Ich erinnere mich an einen Aphorismus und zitiere:
»Sie hätte sich schon längst das Leben genommen, aber der Schinken schmeckte ihr so gut.«
Mit der Bitte, sie mit meinen Geistreicheleien zu verschonen und mit der Frage, ob ich auch eine Scheibe haben möchte, setzen wir das Frühstück fort. Mit jedem Biss verfliegt ihre schlechte Laune über das eben Gelesene und ihr Tatendrang kehrt zurück. »Was machen wir mit dem angerissenen Tag?«, fragt sie mich. Ich tue erstaunt und stellte die Gegenfrage, ob sie denn schon mit dem Frühstück fertig sei. »Wir können mit dem Fahrrad fahren und dann im *Blauen Bock* Mittagessen«, schlage ich vor. Jana hat tatsächlich zwei Fahrräder im Keller stehen. Nachdem ich sie entstaubt und allen vier Reifen mit dem nötigen Luftdruck versorgt habe, können wir endlich losfahren. »Beim Aufpumpen habe ich bestimmt soviel Kalorien verbraucht, wie du bei der ganzen Fahrt verbrauchen wirst«, bemerke ich spitz. Als Erwiderung muss ich mir sagen lassen, dass es schon seit dreißig Jahren in Deutschland üblich ist, den Energieverbrauch in Joule zu messen. Meine Bemerkung, dass wir noch keine zwanzig Jahre zur Bundesrepublik gehören, quittiert sie mit dem Hinweis, dass auch die DDR fast zeitgleich diese Regelungen übernommen hatte. »Eins zu Null für dich«, was Besseres fiel mir nicht ein. Jana war zufrieden. Sie lächelte verstehend-verzeihend.
Der Waldweg ist breit und glatt, so dass es nicht unbedingt eines Mountainbikes bedarf. Die breitbereiften Fahrräder, denen wir begegnen, sind hier im Wald in der Überzahl. Untrainiert wie wir sind, machen wir nach einer halben Stunde die erste Pause. Neben uns hält ein junges Paar mit zwei Kindern. Neidvoll stelle ich fest, dass die Kinderräder moderner als unsere alten Draht-

esel sind. Vielleicht sollte man öfters mit dem Rad fahren, überlege ich und nehme mir vor, mich nach neuen Fahrrädern und vor allem deren Preise zu erkundigen. Jedenfalls viel Spaß macht es mit unseren beiden Rädern nicht mehr, wenn man sieht, was es da heute alles an technischen Details gibt. Hinter den Parkbänken geht ein schmaler Pfad steil bergauf. Ich erschrecke, als neben mir bremsend, mit blockierenden Hinterrädern zwei junge Burschen vom Berg herunter kommend, bei uns stehen bleiben. Ohne abzusteigen, nur ihre Vorderräder anhebend, hüpften die beiden auf der Stelle und überlegen, wie es weiter gehen soll. Schließlich schlägt der eine vor, auf den Berg zurückzufahren. Jana und ich drehen uns um und staunen, wie die beiden ihr Vorhaben in die Tat umsetzen. Und tatsächlich – mit wirbelnden Beinen in den niedrigsten Gängen gelingt das Unterfangen.

»Wenn es in meiner Jugend solche Räder gegeben hätte, wäre ich mit den Burschen mitgefahren.« Ein Hauch Bedauern liegt in Janas Worten. Wobei ich keinen Moment zweifle, dass sie das Gesagte ernst meint. Ich schweige und lasse meinen Blick über die Natur schweifen.

»Mit modernen Fahrrädern macht ein solcher Ausflug vielleicht auch wieder mehr Spaß, auch wenn wir nicht mehr zu den Gipfelstürmern gehören werden«, erwidere ich. Jana schaut mich dankbar an und meint, dass sie das auch gerade gedacht habe. Dann fahren wir schweigend weiter. Je näher wir dem *Blauen Bock* kommen, desto mehr kehrt unsere gute Laune zurück. Bei zwei Radlern und einem kräftigen Gulasch fabulieren wir über unsere Wunschfahrräder. »Also ich lege mir ein Rennrad mit dreißig Gängen und Karbonrahmen zu. Dann siehst du mich nur noch von hinten, mein Schatz!«, schwadroniert Jana. Ich schweige und merke, dass ich mir noch gar keine Gedanken darüber gemacht habe, was für ein Fahrrad mein Traumrad wäre. Nach dem

zweiten Bier kommen mir die ersten Einfälle. Ich schlage ihr ein Tandem vor, verbunden mit dem Versprechen, sie vorn sitzen zu lassen, denn dann sehe ich sie ja auch nur von hinten. Sie zieht erstaunt die Augenbrauen hoch und meint anerkennend: »Eins zu Null für dich«.
»Da steht es jetzt Eins zu Eins«, erwidere ich und erinnere sie an ihren Treffer bezüglich der üblichen Dimensionierung der Körperenergie. Sie lacht. Aber allmählich einigen wir uns darauf, dass ein Tandem doch nicht so gut ist, weil damit die Selbständigkeit jedes einzelnen von uns verloren ginge. Nach knapp einer halben Stunde sind wir wieder zu Hause. Heim zu haben wir den kürzesten Weg eingeschlagen. Langsam werde ich müde und freue mich auf ein sonntägliches Mittagsschläfchen. Jana begrüßt meinen Vorschlag und verkündet es mir gleich tun zu wollen; fordert aber, auf dem Balkon an der frischen Luft schlafen zu dürfen. Ich erlaube es ihr. Beim Schlafen muss ich nicht unbedingt den blauen Himmel über mir sehen und die Bienen summen hören. Es genügt mir, wenn die Fenster offen sind.
Um besser einschlafen zu können, greife ich noch zu einem Buch. Es handelt sich um einen religiösen Verschwörungsthriller, der gerade in Mode ist und stapelweise in allen Buchhandlungen herum liegt. Kernstück ist eine völlig neue Interpretation da Vincis Wandgemälde *Das letzte Abendmahl*.
Ich sitze an einem rohen Holztisch. Weinlachen bedecken wie eine Flusslandschaft den Tisch. Mir gegenüber sitzt ein langhaariger junger Mann mit Bart, der nicht mehr geradeaus gucken kann. Eine junge Frau, etwas weniger besoffen, lehnt sich an ihn. Sie lächelt mich an, während sie ihn streichelt. Ein anderer liegt schlafend auf der Tischplatte. Mein Gegenüber reicht mir die Hand und nuschelt. »Ich bin Jesus.« »Freut mich«, erwidere ich und nenne meinen Vornamen. Dann reicht mir auch die junge

Frau an Jesus´ Seite die Hand und nennt ihren Doppelnamen. »Du kannst M M zu mir sagen«, und kichert dabei. Der Schlafende neben Jesus wird munter und murmelt, dass Frauen hier eigentlich nichts zu suchen hätten. »Schlaf weiter, Simon und kümmere dich um deinen Kram«, fordert Jesus und drückt den Kopf seines Jüngers auf den Tisch zurück. Im Verlauf des Gespräches erfahre ich, dass Maria Magdalena von ihrem Jesus schwanger ist und ihm morgen ein Prozess mit ungewissem Ausgang bevorstehe. Auf meine Frage, ob es nicht besser sei, mit klarem Kopf der Gerichtsverhandlung entgegenzugehen winkt Jesus nur ab und greift erneut zur Weinkanne. Dann wischt er sich bedächtig seinen Mund ab, rülpst und meint, dass es sich im Suff besser am Kreuz hängt. Draußen wird es langsam hell und wir verlassen zu Dritt die Taverne. Eine Streife römischer Soldaten kommt vorbei. Jesus nimmt Haltung an, was in seinem Zustand gar nicht so leicht ist und streckt den Arm zum römischen Gruß aus und brüllt: »Salvete!« Die beiden feixen und gehen weiter. Dann beschließt Jesus seine M M aus Jerusalem weg zu bringen und fordert mich auf, sie mitzunehmen. Er hätte noch einiges zu erledigen. Vor uns tauchte eine Haltestelle auf und in der Ferne sieht man den herannahenden Bus. Maria Magdalena läuft los, aber ich komme nicht hinterher... .

»Mit wem redest du?«, fragt mich Jana, die an meinem Bett sitzt. Sie bittet mich aufzustehen, denn der Kaffee sei gleich fertig. »Mit Maria Magdalena, Jesus' Frau«, erwidere ich. Jana sieht das Buch auf dem Nachttisch liegen und schüttelt verstehend ihren Kopf.

Beim Kaffeetrinken gehen wir nicht weiter auf das Buch und meinen ketzerischen Traum ein. Jeder ist mit seinen Gedanken schon beim kommenden Montag.

Siesta

I. Heute

Claudia schaut hinaus ins Grüne. Das große nach Norden gerichtete Atelierfenster gibt den Blick auf den Stadtpark frei. Sehen kann sie von außen niemanden.
Eine Episode aus Falladas Knastroman *Wer einmal aus dem Blechnapf frisst* fällt ihr ein: Eine Frau stellt sich früh morgens nackt ans offene Fenster. Gegenüber liegt das Gefängnis. Zur vereinbarten Zeit versammeln sich die gefangenen Männer hinter ihren Gittern und schauen hinüber.
Claudia geht das große farbenfrohe Bild von Max Beckmann durch den Kopf während sie sich auszieht. »Siesta« hatte der Maler das Bild genannt, auf dem drei halbnackte Frauen zu sehen sind. Sie entledigt sich ihres Slips und steht nun nackt im Atelier von Manfred Nocker. Er hat sie engagiert. Sie spürt eine angenehme Kühle auf ihrem Körper. Ihre nackten Brüste straffen sich.
Wie sie von hinten aussieht, weiß sie. Bei ihrer Freundin, sie ist Schneiderin, stehen mannshohe Spiegel, die einen Panoramablick zulassen. Natürlich dienen sie in erster Linie dazu, die fertige Garderobe fachmännisch zu begutachten. Aber sie helfen auch, einen prüfenden Blick auf die hüllenlose Figur zu werfen.
Stehend von hinten gemalt zu werden ist eine vergleichsweise einfache Pose. Auf dem Sofa liegend, lasziv die Beine gespreizt – auch solche Sujets sind an der Tagesordnung – und nicht nur heute, wären ihr peinlich oder zumindest gewöhnungsbedürftig, wie es so schön heißt. Schon vor zweihundert Jahren, selbst in prüden katholischen Ländern waren solche Bilder möglich, wenn

die so abgebildete als antike Gottheit daher kam. Nur Goyas nackte Maja, 1800 in Spanien gemalt, musste verborgen bleiben.

Nach ihrem Zeitgefühl steht sie nun schon eine halbe Stunde. Noch fünfzehn Minuten, dann ist Pause. Obwohl sich das Atelier von anderen kaum unterscheidet: Fenster nach Norden, Geruch von Ölfarbe, herumliegende Malutensilien und Stapel von gerahmten Leinenwänden – bemalt oder weiß imprägniert, auf den Pinsel oder Spachtel des Malers wartend. Ist es der Maler selbst, der dem Klischee widerspricht? Er ist groß und schlank, um die vierzig, hat kurzes aber dichtes dunkelblondes Haar und ist rasiert. Als sie sich kennen lernten, trug er einen hellen Anzug und ein einfarbiges Oberhemd ohne Krawatte. Sie erinnerte sich, wie er ihr seine Visitenkarte überreichte – dabei machte er eine Geste, wie man sie aus Kriminalfilmen kennt, wenn sich die Kripobeamten vorstellen und ihre Dienstmarke zücken. Hätte er zu Claudia gesagt: »Ich bin Hauptkommissar soundso«, hätte sie das geglaubt. Stattdessen sah er sie ruhig an und sagte nur: »Frau Semmler? Ich bin Manfred Nocker. Ich freue mich, dass Sie für mich arbeiten wollen.« Dabei zog er seine Karte in der beschriebenen Geste aus seinem Jackett.

Heute in der weißen Latzhose und dem bunten Oberhemd sieht er einem Anstreicher ähnlicher als einem Kunstmaler. Statt Zigaretten raucht er Pfeife. Das ist auch das einzige Klischee bedienende Attribut. In der Ecke steht ein Farbroller mit Abtropfgitter und auch Eimer mit Leimfarbe, wie sie im Malerhandwerk benötigt werden. Claudia fragt sich, ob Nocker auch Wandmalereien anfertigt. Verschiedene Tüten mit Farbpulver deuten darauf hin.

Nachdem die letzte viertel Stunde verstrichen war, bittet Nocker sie, zu ihm herunter zu kommen. Claudia zieht

ihren Morgenmantel über und setzt sich bei Nocker breitbeinig auf den Schoß. Sie nimmt ihm die Pfeife aus dem Mund und legt sie vorsichtig zu Seite, damit sie ihr nicht im Wege ist, als sie ihr Gesicht an das seine legt und ihm ins Ohr flüstert: »Ich möchte, dass du mich jetzt fickst.« Nocker lächelt und streichelt ihr langsam übers Haar. Dann setzt er sie so, dass sie quer zu ihm auf dem Schoß sitzt und lehnt sich zurück.
»Ich schlafe grundsätzlich nicht mit meinen Modellen. Sonst verliere ich die künstlerisch notwendige Distanz. Außerdem möchte ich nicht die Beziehung zu meiner Lebensgefährtin, die ich sehr liebe, durch eine inferiore Beziehungen desavouieren.« Claudia muss schlucken. Der Mann ist ein Intellektueller durch und durch. Er sagt nicht »betrügen« er spricht von desavouieren und ein Seitensprung ist für ihn »inferior«. Sie steht auf, nimmt die Pfeife und steckt sie ihm in den Mund. Instinktiv pafft er wieder los.
»Schade Manfred! Ich hätte sonst zu dir sagen können: das eben war Inzest. Du hast mit deiner leiblichen Tochter geschlafen.« »Wer sind Sie?«, fragt er erschrocken und geht zum distanzierendem »Sie« über. Er besinnt sich. Er weiß ja, wie sie heißt. Stellt sich die Frage, wer ist ihre Mutter?
»Meine Mutter heißt Ruth Semmler, Sie haben sie als Ruth Pinkert kennen gelernt. Ihr Mann, mein Stiefvater, hat mich adoptiert. So nun weißt du Bescheid!« Nocker schaut lange auf Claudia. Schmunzelnd bemerkt er den Wechsel vom Sie zum Du, sagt aber nichts. Dann geht er zum Schrank holt zwei Weingläser heraus. Mit einer Geste lädt er zum wieder Platz nehmen ein: »Wir müssen reden. Rot oder weiß?« Claudia hat Appetit auf einen kühlen Weißen. Nocker wählt einen würzigen Traminer. Er weiß, junge Frauen lieben die herben trockenen nicht allzu sehr.

II. Damals

Die Adventszeit war gekommen. Ruth hatte Gewissheit: sie ist Schwanger. Nach dem bestandenen Abitur waren sie fast alle noch einmal gemeinsam in ein Zeltlager an die Ostsee gefahren. Ihr Klassenkamerad und Freund Manfred Nocker war auch dabei. Nein, in einem Zelt haben Manfred und Ruth nicht zusammen geschlafen. Aber in warmen Sommernächten, wenn in der Ferne die Gitarrenklänge am Lagerfeuer sich mit dem Rauschen des Meeres vermischen, die Sterne am nachtblauen Himmel das Zelt ersetzen und man achtzehn Jahre jung ist, braucht man weder Zelt noch Schlafsack, um zueinander zu finden.
Nach dem Urlaub trennten sich ihre Wege. Ruth ging nach Potsdam und studierte Pädagogik, sie wollte Lehrerin für Chemie und Mathematik werden. Manfred war fest entschlossen, Malerei zu studieren. Aber erst musste er seinen Wehrdienst ableisten. Man hatte ihn zur Volksmarine nach Stralsund eingezogen. Im September hatten sich Ruth und Manfred noch einmal getroffen, sein letzter Brief trug den Stempel vom *12.11.1984*, auf den sie nicht mehr antwortete. Von ihrer Schwangerschaft erfuhr er nicht. Und – sie vermisste seine Post und ihn immer weniger. Denn da war ihr Kommilitone Martin. Mit zweiundzwanzig Jahren gehörte er zu den ältesten in der Seminargruppe. Er kam souverän und lebenserfahren daher. Diese Wirkung hatte er seinem freiwillig-längeren Dienst bei der Volksarmee, den er als Offizier beendete, zu verdanken. Was Ruth und den anderen am meisten imponierte, er widersprach den Dozenten und Assistenten besonders in den chemischen Fächern. Da war er der Einzige in der Seminargruppe. Als Ruth bei den Stöchiometrischen Gleichungen nicht weiter wusste, bat sie um seine Hilfe. Martin verliebte sich dabei in das lebhafte

Mädchen und als er die Schwangerschaft bemerkte, waren nur wenig erklärende Worte nötig. Noch vor ihrer Entbindung heirateten sie. Die wenigsten wussten, dass Martin n i c h t der werdende Vater war.

Ruth und Martin Semmler
geben die Geburt ihrer Tochter
C l a u d i a
am 13. April 1985
bekannt.

Diese Karten ließen sie drucken und verschickten sie an Verwandte und Bekannte. Nur Manfred, der Vater des Mädchens, erfuhr nichts. Martin hat Claudia adoptiert und sie als sein Kind anerkannt. Vier Jahre später kam dann Claudias Stiefbruder Clemens auf die Welt.

Vorsichtig hob Claudia die Torte mit den vierzehn Kerzen an. Sie holte tief Luft, um dann mit kreisender Kopfbewegung in einem Atemzug alle Kerzen auszublasen. Ihr kleiner Bruder zappelte dabei aufgeregt hin und her und schrie laut. Die ruhigste blieb Claudia. Das hat sie von ihrem Vater meinten die Geburtstagsgäste. Ihre Gelassenheit war aber nicht ihrer Erbmasse, sondern der Erziehung geschuldet. Das wussten aber nur ihre Eltern.
Abends im Bett meinte Martin dann zu seiner Frau: »Du musst es ihr jetzt sagen.« Ruth wusste, was mit E s gemeint war. Aber es verging noch ein viertel Jahr. Es war wieder im August. Die Familie machte in einem Bungalow an einem der kleinen Seen in Mecklenburg Urlaub. Nach dem Abendbrot ging Martin mit Sohn Clemens zum Angeln. Mutter und Tochter blieben zurück. Diese Zweisamkeit von Mutter und Tochter nutzte Ruth um dem vierzehnjährigen Mädchen ihre wahre Herkunft zu erzählen. Claudia blieb zur Freude und Überraschung

ihrer Mutter ruhig. Nachdem alles gesagt war fragte sie, was er heute macht.

»Soviel ich weiß, ist Manfred Nocker ein bedeutender Maler geworden und lehrt an der Kunsthochschule in Leipzig. Vielleicht ist er schon Professor. Ich weiß es nicht«, antwortete ihre Mutter. Kurz darauf kamen die beiden »Männer« nach Hause. Claudia ging auf ihren Stiefvater zu, legte ihre Arme um seinen Hals und flüsterte ihm ins Ohr: »Du bist und bleibst der beste Papa, den ich habe!« Martin nahm den Kopf seiner Stieftochter in beide Hände und küsste sie auf die Stirn. Bruder Clemens machte dabei große Augen.

Nein, leicht hatte es die Studentin Claudia Semmler nicht. Lehrer, wie ihre Eltern wollte sie nicht werden und hatte sich an der Universität in Leipzig im Fach Chemie eingeschrieben. Umso mehr freute sie sich auf die Semesterferien. Es war ein warmer Sommertag in Berlin. Den Versuch, in eines der zahlreichen Freibäder zu fahren unterließ sie und nahm sich statt dessen einen Museumsbesuch vor. Die Räume waren vergleichsweise kühl und beim Betrachten der Bilder konnte man seine Gedanken schweifen und der Phantasie freien Lauf lassen. Plötzlich standen fasst lebensgroß drei halbnackte Frauen vor ihr. Die eine nur mit Strümpfen bekleidet, die Arme provokativ hinter ihrem Kopf verschränkt, so dass ihre Brüste gestrafft wirkten, schaute sie an. Provokativ wirkt das vielleicht auf Männer, dachte Claudia. Die andere drehte ihr den Rücken oder besser dessen verlängerten Teil, ihren nackten Arsch zu. Eine nach vorn gebeugte Haltung nahm die dritte ein, deren rotes Kleid nach oben gerutscht war und somit auch ihren Unterleib entblößte. Das Bild war dunkel gehalten. Mit breiten Konturstrichen waren die Frauenkörper gezeichnet. Damit kommt die helle Haut besser zur Geltung, was die Szene leicht und obszön wirken lässt.

Siesta – Mittagspause hatte der Maler sein an ein Stillleben erinnerndes Bild genannt. 1947 hatte Max Beckmann dieses Werk geschaffen. Drei Jahre nach Ende des verheerenden Wahnsinns, den man auch Weltkrieg zwei nennt. Brauchten nicht auch die Völker eine Pause nach sechs Jahren des Tötens und Zerstörens? Sollen die drei Frauen das Leben, die Sinnesfreude verkörpern? Diese und andere Gedanken gingen Claudia durch den Kopf, während sie vor dem Bild stand. Dann fasst sie einen Entschluss: Sie wird sich in Leipzig an der Kunsthochschule als Modell bewerben, um damit ihre schmalen Finanzen als Studentin aufzubessern. Vielleicht begegnet sie damit auch ihrem Erzeuger. Vor fünf Jahren, sie war vierzehn, hatte ihre Mutter ihr alles erzählt. Sie war nicht weiter überrascht und hat es relativ gelassen zur Kenntnis genommen, zum Erstaunen und auch Freude ihrer Eltern. Doch jetzt war sie erwachsen und hatte plötzlich den Wunsch, genaueres über ihren leiblichen Vater zu erfahren. Vielleicht war auch bei der Wahl ihres Studienortes Leipzig unterschwellig dieser Wunsch ausschlaggebend. Sie hatte sich vergewissert, dass ein Professor Manfred Nocker an der Hochschule für Grafik und Buchkunst lehrt.

III. Das unbekannte Bild

Nachdem Claudia ihren Lebenslauf erzählt hatte, schweigen beide. Ihr Vater, der etwas nervös hin und herläuft setzt sich, schaut sie an und meint, dass sie mit ihrer Mutter, so wie er sie in Erinnerung habe, wenig Ähnlichkeit habe, denn sonst wäre sie ihm schon beim ersten Modellstehen aufgefallen.
»Mein Geburtsdatum kennst du und rechnen kannst du auch. Meinen Stiefvater hat Mutter ja erst im Herbst, im ersten Semester ihres Lehrerstudiums kennen gelernt. Wenn ich sein Kind wäre, wäre ich frühestens in der in der zweiten Hälfte des Jahres neunzehnhundertfünfundachtzig und nicht schon im April zur Welt gekommen. Ich will kein Geld von dir, mein Stiefvater hat mich adoptiert und an Tochter statt angenommen.«
Nocker winkt ärgerlich ab und meint: »Als Modell möchte ich dich nicht mehr haben. Die künstlerische Neutralität – ob Geliebte oder Tochter - egal, sie wäre nicht mehr gegeben. Aber ich bin bereit, dir monatlich ein Taschengeld zu zahlen, das dir das Studium finanziell erleichtert. Fachlich kann ich dir ohnehin nicht helfen.« Zum Abschied lädt er sie zu sich nach Hause ein, um sie seiner Lebensgefährtin vorzustellen.

Leipzig, 05.05.10

Ihr Lieben zu Hause,
vorgestern war ich bei meinem Vater und seiner Lebensgefährtin eingeladen. Wann und wo ich ihm begegnet bin, erzähle ich euch später. Sein anfängliches Misstrauen ist dem Vaterstolz gewichen, eine erwachsene Tochter zu haben.
Als Manfred mir seine Monic vorstellte, brauchte ich ein Lächeln nicht zu unterdrücken: sie ist Dein Ebenbild

Mama – jedenfalls als Du jünger warst. Mit Monic verstehe ich mich gut. Sie ist übrigens auch Lehrerin und unterrichtet in den Fächern Kunsterziehung und Englisch die Schüler eines Leipziger Gymnasiums.
Wie heißt es doch so schön: Alte Liebe rostet nicht . Und wenn man seine alte Liebe nicht bekommen kann, dann sucht man sich einen ähnlichen Ersatz. Monic hat einen Jungen mitgebracht. Der vierjährige sieht in Manfred seinen Vater.
Viele Grüße von Eurer
Claudia

Wenige Tage nach dem Besuch bei ihm zu Hause ruft Nocker bei Claudia an und bittet sie, noch einmal in sein Atelier zu kommen. Erwartungsfroh sitzt sie in einem Sessel und ist gespannt, was er ihr zu sagen hat. Nocker erinnert an ihr letztes Gespräch im Atelier und kommt auf Beckmann zu sprechen, dessen Berliner Bild sie animiert habe, als Modell zu arbeiten. Er bittet sie, sich noch einmal auszuziehen und dann die Augen zu schließen.
»Nicht erschrecken, wenn es sich etwas kalt anfühlt«, sagt er. Sie spürt, wie es kalt und nass an ihren Armen und am Körper entlang fährt. Dann spürt sie es zwischen ihren Beinen, unter ihren Brüsten und zuletzt er über ihren Pofalten.
»Noch einen Augenblick Geduld«, bittet Manfred, dann darf Claudia die Augen aufmachen. Sie hört, wie etwas im Zimmer verschoben wird und dann sein »Jetzt!« Sie sieht sich im Spiegel. Ihre Körper ist von dicken fasst schwarzen Pinselstrichen umrahmt, hell hebt sich die Haut ab. Sie erschrickt und ist erstaunt zugleich: sie ist eine lebende Beckmann – Figur. Die Ähnlichkeit mit den Frauen auf dem Bild Siesta ist verblüffend. Zum Vergleich zeigt ihr Manfred eine etwa A 3 große Kopie

von dem Beckmann - Bild. Während sie noch vor dem Spiegel steht und die Faszination auf sich wirken lässt, schießt Manfred mehrere Polaroidfotos. Eins davon gibt er ihr zum Abschied.

Es ist Winter geworden. Die Weihnachtsferien stehen bevor. Sie ist gerade beim Packen ihrer Sachen als es klingelt. Ein Mann übergibt ihr ein flaches Paket und einen Brief.
»Frohes Weihnachtsfest soll ich Ihnen von Herrn Professor Nocker wünschen. Und das ist sein Weihnachtsgeschenk an Sie.« Vorsichtig entfernt sie die Papierhülle und erschrickt: eine etwa DIN A 1 große Holztafel kommt zum Vorschein. In Öl gemalt steht sie vor dem Spiegel und schaut hinein. Aber sie ist nicht nackt, wie er sie damals, als er sie in eine Beckmannfigur verwandelt hatte. Auf dem Bild trägt sie ein leuchtend gelbes T-Shirt und dazu weinrote Hosen im Jeansschnitt. *Atelierszene mit Claudia* hat er das Bild genannt. So steht es mit einem schwarzen Faserstift auf die Rückseite der Holztafel.

Liebe Claudia,
das soll mein Weihnachtsgeschenk für Dich sein. Ich hoffe Du gefällst Dir, wie ich dich angezogen habe. Als Vorlage hatte ich ja kein Modell, sondern nur das kleine Polaroidfoto und ein paar Skizzen.
Grüße deine Mutter von mir!
M. N.

Claudia wickelt das Bild wieder sorgfältig ein. Hier in ihrer Leipziger WG will sie es nicht aufhängen. Sie wird es mit nach Potsdam nehmen. Gut, dass das Gemälde nicht größer ist und auf stabilen Holz gemalt war. So wird es hoffentlich die vorweihnachtliche Eisenbahnfahrt unbeschadet überstehen. (Claudia entschließt sich aber dann doch kurzfristig, mit einer Fahrgemeinschaft in einem geräumigen Kombi nach Hause zu fahren.)

Claudias Zimmer in der elterlichen Wohnung in Potsdam gibt so gut wie keine Auskunft über das Leben der Chemie- und Geologiestudentin. Wer erwartet hat, hier ein kleines Laboratorium mit Reagenzgläsern und Erlenmeyerkolben vorzufinden, wird enttäuscht. Auch eine Gesteinssammlung, die die künftige Geologin kennzeichnet, fehlt. All diese Attribute sind in einem guten PC mit 3 D – Animation untergebracht. Chemische Versuche finden nur virtuell statt. Auch die erforderliche Gesteinssammlung hat Claudia digital angelegt. Das spart Platz und Zeit, die für unumgängliche Pflege- und Reinigungsarbeiten drauf gegangen wäre. An der Wand, wo bisher ein Poster ihrer Heimatstadt hing, findet nun ihr Portrait Platz, die *Atelierszene mit Claudia*. Wow! Bist du das?, fragt Clemens, der in ihr Zimmer kommt. So ist es, Bruderherz. Hat mein Vater in Leipzig gemalt und mir zu Weihnachten geschenkt, erwiderte Claudia. Und was ist so ein Bild wert, will ihr Bruder wissen. Claudia kann sich die Bemerkung nicht verkneifen, dass aus ihm der künftige Wirtschaftler spricht. Ihr vier Jahre jüngerer Bruder hat ein Studium der Betriebswirtschaft begonnen. »Nichts«, wirft ihm seine Schwester an den Kopf und gibt ihm zu verstehen, dass nie die Absicht besteht, das Bild zu Geld zu machen. Dann hält ihr Clemens einen Vortrag, dass man alles von Menschenhand geschaffene bewerten kann. Ob eine Bierflasche oder die Mona Lisa – alles habe seinen Preis. Natürlich, so räumt er ein, bestehe ein Unterschied zwischen einem Gegenstand, der nur einmal geschaffen wurde oder Zahnputzbecher, die zu Tausenden aus der Spritzgussmaschine laufen. Obwohl ihm Claudia jegliche Preisrecherchen zu diesem Bild verbietet, nimmt er es eines Tages heimlich ab und geht zu einem Potsdamer Kunsthändler, einem Herrn Blessen. Dieser staunt nicht schlecht, als man ihm einen Nocker anbietet. Als Blessen nach Papieren zu dem Gemälde fragt, verneint Clemens und lehnt es auch ab, dass Bild zur Prüfung da zu lassen.

Als Clemens gegangen war, greift Herr Blessen zum Telefon:

Blessen: Guten Tag Herr Suff-Momßen, hier Blessen.
Suff-Momßen: Guten Tag Herr Blessen.
Blessen: Heute hat man mir einen unbekannten Nocker angeboten. Öl auf Holz, Hochformat, etwa DIN A 1 - Format. Ein junger Mann, Anfang zwanzig brachte mir das Bild ohne Besitzurkunde, ohne Expertise und bot es mir zum Kauf an.
Suff-Momßen: Was vermutest du?
Blessen: Das Übliche, ein Falsifikat. Es war ein Nocker, er war es auch wieder nicht. Ein merkwürdiges Bild. Es zeigt eine junge Frau, vor einem Spiegel stehend – aber kein Akt. Meine Bitte, falls das Bild euch in Berlin angeboten wird, prüft seine Herkunft und Echtheit.
Suff-Momßen: Ich gebe dir Recht, Fred. Wenn das Bild wirklich ein neuer Nocker ist, dann schätze ich mit einem Auktionsergebnis von einer halben Million Euro.
Blessen: So ungefähr. Der Anbieter fragte mich nach einem möglichen Verkaufserlös. Ich bot ihm achtzigtausend. Nicht zu viel, aber genug, um ihn zu reizen wieder zu kommen. Von Kunst verstand der Mann nichts. Er wollte nur Geld.
Suff-Momßen: Gut, ich habe verstanden. Ich werde die Berliner Kollegen auf das Bild aufmerksam machen, falls es hier angeboten wird. Jedenfalls danken wir dir für den Hinweis. Auf wieder hören.
Blessen: Machs gut!

Langsam legt der Galerist den Hörer auf. Einen Skandal, wie gerade in Süddeutschland, wäre das letzte, was er jetzt und die Kunstszene hier zu Lande gebrauchen könnte. Die Fälscher von heute kopieren keine bekannten Gemälde mehr, um sie als echt zu verkaufen. Kopien dienen lediglich dazu, bei Diebstählen, die Entdeckung zu verzögern. Wenn das Aufsichtspersonal am Morgen einen leeren Rahmen oder Reste abgeschnittener Drahtseile vorfindet, ist die Polizei sofort vor Ort. Hängt statt des gestohlenen Originals eine Kopie, können Monate vergehen, ehe der Diebstahl bemerkt wird.
Gefälscht wird heute, indem man Bilder im Stile bekannter Maler produziert und als deren Werk ausgibt. Je jünger die Maler, umso einfacher die Falsifikate. Die skrupellosesten unter ihnen machen nicht einmal vor den noch lebenden Künstlern halt. Angebliche Werke von Pechstein, Ernst und Campendonk waren in Freiburg von Betrügern auf den Kunstmarkt gebracht worden und richteten einen Schaden in Millionenhöhe an. So hatte er es erst kürzlich im SPIEGEL gelesen. Die Fälscher von Malern der Gegenwart brauchen keine alten Leinwände und keine Backöfen, um die Farben künstlich altern zu lassen. Sie kaufen ihren Malbedarf beim selben Händler, wie der, den sie fälschen wollen. Das wichtigste aber, was es leichter macht, heutige Zeitgenossen nachzuempfinden, ist der Malstil. Es ist für den Fälscher leichter, sich in den Stil eines lebenden oder erst vor wenigen Jahrzehnten verstorbenen hineinzudenken, als in einen Mann, der vor dreihundert Jahren gelebt hat. Das schwierigste Unterfangen besteht darin dem Kunsthandel glaubhaft zu machen, dass die Bilder erst jetzt gefunden wurden, fingierte Erbschaften oder in den Kriegswirren verschollen sind die gängigsten Legenden.

Zu Hause angekommen, hängt Clemens das Bild wieder

an seinen Platz und daran einen Zettel: »80.000 €« steht darauf. Das tägliche Abendbrot am Semmlerschen Familientisch verläuft wenig harmonisch. Claudia bezichtigt ihren Bruder des Diebstahls und seine Eltern drohen ihm mit Rauswurf, wenn er noch einmal solche Eigenmächtigkeiten begehen sollte oder gar versuchen wolle, das Bild zu Geld zu machen. Nachher in seinem Zimmer stellt Clemens fest, dass man in der Familie für seine betriebswirtschaftlichen Forschungen wenig Sinn habe und seine Schwester eine Petze sei. Genau das sagt er später seiner Mutter, die zu ihm ins Zimmer kommt, um noch einmal mit ihm zu reden.
»Clemens, ihr seid doch keine kleinen Kinder mehr! Ein Ölgemälde ist doch kein Sandeimerchen oder ein anderes Spielzeug, das man sich so einfach nehmen kann. Das uns Claudia davon erzählt hat, kannst du ihr nicht übel nehmen, zumal sie es dir ausdrücklich verboten hatte. War es so?« Clemens nickt wortlos. Dann steht er auf und umarmt seine Mutter. »Ich will wieder lieb sein!«, erwidert er naiv-sarkastisch. Mutter bittet ihn, sich nicht über sie lustig zu machen, damit war das Thema vom Tisch. Nachdem seine Mutter gegangen war, öffnet Clemens seinen Laptop und sucht die Homepage von Manfred Nocker, klickt Werke an und loggt sich ein. Wenn er schon nicht das Bild der Öffentlichkeit vorstellen darf, dann will er es wenigstens per Internet tun. Die Genugtuung ist ihm seine Schwester schuldig.

Atelierszene mit Claudia,
2010, Öl auf Holz, 85 x 60 cm, Privatbesitz
ist nun im Internet zu lesen.

Der Januar hat den Winter fest im Griff oder ist es eher umgekehrt? Während Claudia durch den Schneematsch auf Leipzigs Straßen zwischen Universität und Bibliothek schlürft, sitzt im fernen Berlin der Kunsthändler Suff-Momßen vor seinem Computer. Er hat Zeit und Ruhe, denn an diesem Januarnachmittag hat sich noch kein Kunde in sein Geschäft verirrt. Eher durch Zufall findet er unter dem Stichwort Atelierszene auch die Eintragung von Clemens zu dem Bild von Nocker. Aber ein Beweis, dass damit das Bild wirklich von dem Leipziger Professor gemalt wurde, ist das nicht. Da kommt ihm die Idee, die Privatdetektei Fiedler & Fechner einzuschalten. Die Firma hat sich auf Kunst oder besser gesagt auf Kunstkriminalität spezialisiert. Ob beim Aufdecken von Fälschungen oder Lösegeldübergaben bei gestohlenen Kunstwerken hat man die Detektive herangezogen. Die Herren und Damen wissen in etwa, wer unter den Privatsammlern zwischen München und Hamburg welchen Künstler bevorzugt und welche Werke gegenwärtig i n sind und auf der Liste von Dieben stehen könnten. Aber Fiedler & Fechner sind nicht billig. Zehn Prozent des Marktwertes plus Spesen sind der Preis für entsprechende Recherchen. Selbst wenn er den Nocker nur mit achtzigtausend Euro beziffert, könnte ihn ein solcher Auftrag etwa zehntausend Euro kosten. Das Geld hat er nicht. Und so ruft er einen ihm bekannten Galeristen in Leipzig an, mit der Bitte ihm Auskunft zu geben. Aber auch Dr. Seidel in Leipzig weiß von nichts, verspricht ihm aber, zu recherchieren.

Frau Monic Mehnert und Herr Manfred Nocker laden ein zur ihrer Vermählung. Ort des Geschehens: das Gohliser Schlösschen im Wonnemonat. So jedenfalls steht es in der Einladung, die Claudia aus ihrem Briefkasten zieht. Sie erschrickt: sie hat ja nichts anzuziehen! Ines, ihrer Freundin, wird schon was einfallen. Ihr ist etwas eingefallen. Jedenfalls beweisen das die bewundernden Blicke, die einige Gäste (vorwiegend männliche, aber nicht ausschließlich) auf Claudia werfen. Nach dem Festessen nimmt ihr frisch vermählter Vater sie zur Seite und fragt sie, wie das Internet von seinem Geschenk, der Atelierszene erfahren habe. Claudia weiß von nichts, denn sie ist noch nicht auf die Idee gekommen, die Homepage ihres Vaters anzuklicken. Aber sie ahnt, wer der Verfasser der Meldung sein könnte und erzählt ihrem Vater von dem Vorfall, vom Versuch ihres Bruders, das Bild zu Geld zu machen. Nocker nimmt es gelassen. Heute ist keine Zeit, darüber nachzudenken oder sich zu ärgern. Die Hochzeitsgäste aus Kunst und Wirtschaft bedürfen seiner Aufmerksamkeit. Doch ganz lässt ihn das Thema an seinem Hochzeitstag nicht los. Sein Freund Dr. Seidel, Händler und Galerist, berichtete ihm kürzlich von merkwürdigen Anfragen aus Berlin zu dem Bild. So blieb ihm nichts anderes übrig, ihm kurz die Werksgeschichte des Bildes zu erzählen, von der Spontaneität, die sich auch im andersartigen Malstil manifestiert und dem Entschluss, das Bild seiner außerehelichen, inzwischen erwachsenen Tochter zu schenken.

Der rote Rahmen der Tagesanzeige steht auf *20*. Das Monatsblatt trägt die Aufschrift *Oktober 2011*. Aber Monic und Manfred interessiert es nicht, dass es Donnerstag ist. Monic steht nackt vor dem Atelierspiegel, wie einst auch Claudia. Ihr Mann hinter ihr an der Staffelei vor einer großen hochformatigen Leinwand. Manfred ist entschlossen, mit seinem Prinzip zu brechen: male keine Frauen, mit denen du intim verbunden bist! Viele Maler aus Gegenwart und Vergangenheit haben ihre Ehefrauen porträtiert. Rubens und Rembrandt, auch Beckmann hat seine Quappi mehrmals zum Gegenstand seiner Bilder gemacht, aber nicht als Akt. Als er Monic von seinem Projekt erzählte, war sie sofort einverstanden. Sie mahnt ihn, sich zu beeilen, denn es wird nicht mehr lange dauern, dann sieht man, dass sie ein Kind von ihm erwartet. Es sei denn, er wolle eine Frau in anderen Umständen zum Gegenstand eines Aktbildes machen. Heute ist noch nicht viel zu sehen. Er hatte es sich zum Ziel gesetzt, das Bild noch dieses Jahr fertig zustellen. Aber das ist nicht so einfach: im Stil soll sich das neue Werk unterscheiden, keine Beckmann-Imitation, ein Vorwurf seiner Kritiker. Er wollte etwas für sich Neues versuchen, einen klaren, fast schon fotografistischen Stil wählen. Die junge Frau, am Beginn ihrer Schwangerschaft (man sieht es noch nicht wirklich), schaut in den Spiegel. Sie ist nackt. Um ihre Identität nicht preisgeben zu müssen, zeigt das Spiegelbild nur die Kinnpartie. Monics rot geschminkter Mund schließt mit der Oberkante des Spiegels ab. Aber es vergeht noch ein halbes Jahr, bis das Bild fertig wird und die Pressestelle der Hochschule auf ihrer Homepage vermelden kann:

MANFRED NOCKER:
Atelierszene II,
2012, Öl auf Leinwand,
170 x 120 cm

Nein, den Namen des Modells, seine junge Ehefrau, will er nicht preisgeben und wählt deshalb die landläufige Bezeichnung römisch Zwei .

IV. Gezeichnetes Kapital

Für Claudia ist die Zeit gekommen, sich auf das Berufsleben nach dem Studium vorzubereiten. Aber weder als Chemikerin noch als Geologin erhält sie befriedigende Angebote. Nur Praktikumsplätze bietet man ihr an. Junge Akademiker kostenlos für ihre Firmen arbeiten zu lassen, ist die perfide Erfindung der Wirtschaft. Claudia hatte nicht die Absicht, sich darauf einzulassen. Solche Angebote kommen ihr vor wie die Wurst am Faden, die man einem Hund vor die Nase hält. So wie der Hund hofft, die Wurst schnappen und fressen zu dürfen, hoffen Absolventen und Arbeitslose aus einem Praktikum in eine bezahlte Arbeit übernommen zu werden. Die meisten hoffen vergeblich und schleppen sich von Praktikum zu Praktikum von mal zu mal demotivierter.

Doch dann erreichte sie ein Brief, dessen Absender ihr bekannt vorkam und Hoffnung machte.

Chemisch-technisches Analysezentrum GbR
Halle a. d. Saale
Geschäftsführer: Hans v. Hahnenfels

Sehr geehrte Frau Semmler,
liebe Claudia!
Ich gehöre zu den Wenigen, die den Sprung in die Selbständigkeit gewagt haben. Aber um weiterzukommen, brauche ich potente Mitarbeiter. Claudia, du kannst nach deinem Diplom sofort bei mir als stellvertretende Geschäftsführerin anfangen. Ich verzichte auch auf die Probezeit – unter einer Bedingung: du bringst 50.000 EUR mit, denn ich will meine Firma in eine GmbH umwandeln.
Mit freundlichen Grüßen
Hans v. Hahnenfels

Ärgerlich will Claudia den Brief zerreißen und wegwerfen. Woher soll sie das Geld nehmen? Was bildet sich Hans eigentlich ein? Andererseits wäre es verlockend, hier, im Leipzig-Hallenser Raum, bleiben zu können. Ihr Lebenspartner (Eheschließung ist nach Ende des Studiums geplant) Harald ist in der Leipziger Sachsenklinik Stationsarzt. Da fällt ihr Blick auf das Lehrbuch Betriebswirtschaft. Sie hatte fakultativ ein Semester belegt, um zumindest einen kleinen Einblick in diese Materie zu bekommen. Sie greift eher mechanisch als bewusst nach dem Büchlein und schlägt das Kapitel *Gesellschaft mit beschränkter Haftung* auf. Da steht es: Das Stammkapital oder auch gezeichnete Kapital muss nicht unbedingt in Geld hinterlegt werden. Auch immaterielle Werte, wie Aktien und Grundstücke sind dafür geeignet. Und was ist mit einem Bild, das mehrere tausend Euro Wert ist? Hatte Clemens nicht ihr Bild auf achtzigtausend schätzen lassen? Als ihr Freund abends nach Hause kommt, hat Claudia den Tisch festlich gedeckt. Sekt steht bereit und sie trägt ein Kleid statt Jeans, ihr Make-up ist auf das Kleid und das Kerzenlicht abgestimmt. Erstaunt nimmt sie Harald in seine Arme und fragt, was es zu feiern gibt.

»Ich werde stellvertretende Geschäftsführerin der Chemisch-technischen Analysezentrum GmbH in Halle. Anfangsgehalt dreitausend Euro bei vierzehn Monatsgehältern.« Das mit dem Gehalt sind Vorschusslorbeeren, aber sie hat sich vorgenommen, Hans das zur Bedingung zu machen. Erleichtert, dass die quälende Suche nach Arbeit ein Ende hat, hebt Harald sie hoch und nimmt sie in seine Arme. Er schaut sie verliebt an. Doch, um nicht gleich im Bett zu landen, sagt Claudia, dass sie Hunger habe. Behutsam setzt er sie auf ihrem Stuhl am Esstisch ab.

Hans v. Hahnenfels, Geschäftsführer steht auf dem einen Türschild und auf der Tür am Ende des Gangs *Claudia*

Semmler, Technische Leiterin. Dazwischen, von außen nicht zugänglich, liegt ein kleines etwas intim wirkendes Konferenzzimmer. Hier finden die Arbeitsberatungen und vertrauliche Gespräche mit dem Steuerberater und guten Kunden statt. Die Belegschaft betritt diesen Raum nur einmal im Jahr, zur Weihnachtsfeier. Über dem elektrischen Kamin hängt die *Atelierszene mit Claudia,* dass Stammkapital der GmbH. Es mussten einige bürokratische Hürden genommen werden, ehe das Finanzamt und die Hausbank bereit waren, dieses Bild als Kapitaleinlage anzuerkennen. Erst die Expertise des namhaften Leipziger Galeristen Dr. Seidel, Claudia hatte ihn auf der Hochzeitsfeier ihres Vaters kennen gelernt, machte es möglich. Der Schätzpreis fiel wesentlich höher aus, als die Schätzung ihres Bruders Clemens. Ihn hatten die Händler in Potsdam seinerzeit einen Preis unter Wert genannt, in der Hoffnung, das Bild billig zu erwerben, um es dann mit einem bedeutenden Aufschlag an interessierte Kunden verkaufen zu können. Denn Bilder von Nocker waren begehrt.
Den vollen Schätzwert von 235.000 Euro ließ Herr v. Hahnenfels nicht als Stammkapital eintragen, um sich finanzielle Spielräume offen zu halten.

Es sind vielleicht zwanzig Personen, die zur Gründungsfeier der Chemisch-technischen GmbH geladen wurden und im Kaminzimmer bei Sekt – man will Sparsamkeit signalisieren und verzichtet auf Champagner- die Firmengründung dezent begießen. Bei zwangloser Plauderei, zu neudeutsch auch Smalltalk genannt, bleibt das Bild über dem Kamin nicht unentdeckt. Erkennt man doch im Spiegelbild die Miteignerin der Firma und ist erstaunt und amüsiert zugleich. Den Grund, warum dieses Bild jetzt und hier in der Firma hängt, kennen die Gäste inzwischen und sind von dem kaufmännischen

Gespür Claudias begeistert. Gegen Abend leert sich der Raum. Manfred Nocker, die erkaltete Pfeife im Mund, steht vor seinem Gemälde, er legt den rechten Arm um Claudia, den linken über die Schulter seines künftigen Schwiegersohnes Harald und sinniert:

»Viele Leute behaupten, dass man ohne Kunst leben könne. Dieses Bild beweist das Gegenteil. Wäre es nicht entstanden, hätten ein dutzend Menschen keine Arbeit und die mitteständige Wirtschaft wäre um einen kleinen, aber feinen Betrieb ärmer!«

Erläuterungen

BECKMANN, Max
geb.: 12. Februar 1884 in Leipzig
gest.: 27. Dezember 1950 in New York
Maler, Grafiker und Bildhauer;
1947 entstand sein Gemälde Siesta, dass sich heute
im Besitz der Berliner Nationalgalerie befindet.

DER SPIEGEL,
Heft 44 von 2010 berichtete unter der Überschrift
Der Hippie und die Expressionisten
(Seite 147 ff.) über ein Ehepaar aus Freiburg, dem die
Staatsanwaltschaft die Fälschung von 35 Gemälden
von Künstlern des 20. Jahrhunderts vorwirft.

Erlenmeyerkolben
kegelförmiges Laborglasgefäß aus Spezialglas.

Stöchiometrische Gleichungen
dienen in der Chemie dazu, die mengenmäßige
Zusammensetzung chemischer Verbindungen
zu berechnen.

PETER BESSER

Vier langatmige Kurzgeschichten habe ich diesem Buch als Untertitel mit auf den Weg gegeben:

Die Jubiläumsfahrt
Die Geschwister und Puppenspieler Kerstin und Olaf beabsichtigen mit dem Faltboot von Schleswig - Holstein nach Mecklenburg - Vorpommern zu fahren. In umgekehrter Richtung sind seiner Zeit ihre Eltern aus der DDR über die Ostsee geflohen.

Aus dem Tagebuch des Privatdetektivs Uwe Kiel
Der ehemalige Kriminalpolizist Uwe Kiel hat sich als Privatdetektiv nieder gelassen. Seine sechs spektakulärsten Erlebnisse zwischen 1999 und 2004 hat er in einem Tagebuch niedergeschrieben.

Das apokalyptische Karussell oder wie küsst man seine Lehrerin
Im CERN bei Genf soll der Urknall simuliert werden. Was geschieht, wenn das Experiment außer Kontrolle gerät?

Siesta
Die Chemiestudentin Claudia beschließt beim Anblick des Beckmann-Gemäldes „Siesta" sich als Aktmodell zu bewerben.

ISBN 978-3-7357-5501-8

MAX BECKMANN; „Siesta", 1947, Öl auf Leinwand, 140 x 130 cm